舞姬

Kawabata Yasunari

川端康成

劉子倩——譯

目次

皇居的護城河

這是東京在四點半左右就已日落的十一月中旬……

計程車發出刺耳的聲音停下後，後方冒出濃煙。

車子後方，載著成袋的木炭和柴火。也掛著變形的舊水桶。

波子聽到後方車輛的喇叭聲，轉頭一看，

「可怕。真可怕。」

她說著縮起肩膀，靠向竹原。

接著，她將手舉到胸前，像要把臉藏起來。

竹原看到波子的指尖顫抖，很訝異。

「妳怕什麼……？有什麼好怕的？」

「會被發現。我怕被發現。」

「噢……」

竹原心想原來如此，看著波子。

他們在日比谷公園後方進入皇居前廣場的十字路口中央，這是車輛頻繁來往的馬路，現在又正是車流量最多的下班時間，因此兩人的車後停了兩三輛車，左右都有成排車子川流不息。

堵在後方的車子倒退後，車燈照入兩人的車。波子胸前的寶石閃爍流光。

波子身穿黑色套裝，左胸配戴別針。是細長的葡萄形狀，藤蔓是白金，葉片是暗青色寶石，還有幾顆鑽石果實。

搭配項鍊，也戴了珍珠耳環。

不過，耳上的珍珠幾乎被頭髮遮住。脖子的珍珠，也因白襯衫的蕾絲裝飾看似不太顯眼。蕾絲應該是白色的，但也可能是淺珍珠色。

那些蕾絲綴飾，直到胸部下方，質地柔軟高級，反而增添這個年齡的優雅氣質。

同樣綴有蕾絲的領子，沒有立領那麼高，從耳下開始出現荷葉邊，那些褶皺來到前方後，線條更顯圓弧。纖細的脖子彷彿有盈盈水波蕩漾。

微光中，波子胸前珠寶閃耀的光芒，也像在對竹原娓娓傾訴。

「被發現？這種地方，誰會發現。」

「矢木就有可能……還有，高男也是……高男最聽他爸爸的話，所以在監視我。」

「妳先生不是去京都了嗎？」

「很難說。況且，也不知他什麼時候回來。」

波子說著搖頭，

「都是因為你讓我坐這種車。你從以前就老是做這種事。」

然而，車子冒出刺耳的聲音發動了。

「啊，動了。」

波子嘀咕。

在十字路口中央冒煙的車子，交通警察也看到了，卻沒有過來質問，可見車子停下的時間應該很短。

波子彷彿覺得臉頰還殘留恐懼，拿左手捂住臉。

「雖然妳怪我讓妳坐上這種車……」

竹原說。

「但那也是因為妳自己剛才慌慌張張，撥開人潮，逃命似地衝出公會堂。」

「是嗎？我自己倒是沒注意，也許吧。」

波子垂首。

「今天也是，走出家門時，我忽然決定要戴兩枚戒指。」

「戒指？」

「對。因為這是我先生的財產……如果遇上我先生，看到珠寶還在，沒有在他離家時消失，他會很高興……」

波子這麼說時，車子再次發出刺耳的聲音停下。

這次司機下車了。

竹原看著波子的戒指，

「是為了提防被矢木先生撞見，才戴珠寶啊。」
「對，也不是刻意的……只是忽然想到。」
「真令人訝異。」
不過，波子就像沒聽見竹原的聲音，
「這輛車子，真討厭……一定是哪裡有問題。令人不安。」
「冒出好多煙。」
竹原也看著後車窗，
「好像要掀開爐蓋煽火。」
「這是地獄之車。不能下車用走的嗎？」
「先出去再說吧。」
竹原打開難開的車門。
這是通往皇居前廣場的護城河上。
竹原去找司機，轉頭看著波子。
「妳急著回去嗎？」

旺。

「不，沒關係。」

司機拿著長長的舊鐵棍，捅進爐灶肚子，喀擦喀擦攪動。大概是要把火弄旺。

波子避人耳目似地低頭俯瞰護城河水，竹原走近後，她說，

「今晚家裡大概只有品子一個人。那孩子，如果我晚歸，總是會問我去做什麼了、到哪裡去了，有時甚至還有點淚汪汪的，但她只是因為擔心才追問，不是像高男那樣監視我。」

「是嗎。可是，剛才說的珠寶，令我很驚訝。珠寶本來就是妳的，而且府上能夠像以前一樣過日子，不是全靠妳的力量嗎？」

「是啊。雖然我沒什麼力量……」

「簡直太荒謬了。」

竹原望著波子無力的模樣。

「我實在無法理解妳先生的心態。」

「矢木家的家風就是如此。打從結婚起，一天也沒變過，我已經習慣了。你應該也從以前就清楚吧。」

波子繼續說。

「說不定從婚前就是。從我婆婆那一代開始……因為我公公早死，她一個婦道人家，辛苦供矢木上學。」

「那是兩回事。而且，現在和能夠用妳的嫁妝不愁吃穿的戰前，情況已經不同了吧。矢木先生照理說應該也很清楚。」

「知道是知道。可是，每個人都背負著不同的悲哀。矢木是這樣說的。悲哀過重時，對於其他的事，難免也會知道卻不理解，或者身不由己。這點，我認為自己也是半斤八兩。」

「太可笑了。雖然我不知道矢木先生有什麼悲哀……」

「日本戰敗，矢木說，他的倫理價值觀也破滅了。他說自己是舊日本的亡魂……」

「嗯哼。那個亡魂的胡言亂語，就是對妳持家的辛苦視而不見……？」

「豈止是視而不見。對於物資逐漸減少，矢木非常不安。所以，他才會監視我的做法。對一點小錢都動輒抱怨。等到家徒四壁一切盡失時，矢木大概打算自殺，所以我很害怕。」

竹原也有點膽寒。

「所以，妳才會戴兩個戒指出來嗎……矢木先生或許無暇顧及亡魂，但妳說不定正被亡魂附身喔。不過，對於父親的卑鄙態度，崇拜父親的高男，不知又是怎麼看待？他應該已經不是小孩子了吧。」

「是啊。他好像很苦惱。在這點，他是同情我的。看到我工作，他說要輟學也去工作，但那孩子，對於身為學者的父親，多年來抱著絕對的尊敬，所以一旦開始懷疑父親，不知會變成怎樣，想想真可怕。不過，這種話題，在這種地方，不提也罷……」

「是嗎。改天再慢慢聽妳說吧。不過，我實在不忍心看妳像現在這樣畏懼矢木。」

「對不起，我已經沒事了。有時候，會突然恐懼發作。就像癲癇，或是歇斯底里……」

「真的嗎？」

竹原懷疑地說。

「真的。都怪車子不該停下。我已經沒事了。」

波子說著抬起頭，

「好美的晚霞。」

天空的色彩，似乎也映在項鍊的珍珠上。

上午天晴，午後出現微雲的日子，持續了兩三天。

真的是微雲，傍晚的西方天空，雲彩融入暮靄。不過，朦朧的暮色之所以呈現微妙色調，似乎是雲層所致。

向晚的天幕朦朧低垂，溫柔地緩緩籠罩白天的熱氣，但在那之中已經開始有秋夜的冷意。夕陽的茜紅色，正好也是那種感覺。

紅色的天空，有些地方是濃豔的朱紅，有些地方是淺紅，也有少許地方是淺紫和淺藍色。還有更多的顏色，統統在暮色中互相融合，看似低垂靜止，色彩卻又迅速轉移，幾乎消失。

而皇居森林的樹梢，只見一抹藍天殘留，猶如一條緞帶。

那塊藍天，絲毫沒有沾染夕陽的色彩。黑沉沉的森林和暗紅的夕陽之間，劃出鮮明的一線，那條細長的藍天看似遙遠，靜謐澄澈，似乎有點哀愁。

「好美的晚霞。」

竹原也說，但那不過是重複波子說過的話。

竹原一心惦記波子，只覺晚霞無非如此。

波子繼續仰望天空。

「接下來直到冬天，都會經常出現晚霞。你不覺得，這是那種會想起小時候的晚霞？」

「是噢……」

「冬天很冷，還在門口看夕陽，就被大人罵，說這樣會感冒。啊……我啊，有時以為，這樣定睛看夕陽，好像也是被矢木影響，但其實從小就是這樣呢。」

說著，波子轉頭看竹原，

「不過，還真有點奇怪。剛才進入日比谷的公會堂之前，不是有四、五棵銀杏樹嗎？公園的出口，也有四、五棵銀杏樹。雖是同樣的樹木成排矗立，每棵樹上葉子變黃的程度卻各不相同，有的葉子掉得多，有的掉得少，對吧。樹木是否也這樣各有各的命運呢……」

竹原沉默。

「正巧在茫然思考銀杏樹的命運時，車子就嘎搭嘎搭熄火了。我嚇了一跳，這才開始害怕。」

波子說著，望向車子。

「看起來似乎修不好。就算要等，站在車旁會引人注目，還是去對面吧。」

竹原對司機交代一聲後，邊付車錢邊轉過頭，只見波子已經越過馬路。背影開朗又年輕。

對面護城河盡頭的正面，麥克阿瑟司令部的樓頂，好像直到前一刻，還有美國國旗和聯合國的旗幟飄揚，現在卻不見了。大概正是降旗的時間吧。而司令部上方的東邊天空，沒有晚霞，只有微雲高高飄散。

竹原知道波子容易情緒激動，看著那動作俐落的背影，猜想波子對他說的那種「恐懼發作」應該消失了。

竹原也走到馬路對面後，隨口調侃，

「妳剛才穿越車流的動作，可真是乾淨利落。果然是跳舞練出來的律動感。」

「或許吧。你在調侃我？」

接著，波子似乎有點遲疑，

「那我也可以調侃一下嗎……？」

「調侃我？」

波子點頭，垂下腦袋。

司令部的白牆，從正面倒映護城河。也映現窗口的燈光。
不過，建築物的白影朦朧，這當下，似乎只有燈影殘留水面。
「竹原哥，你幸福嗎？」
波子低語。
竹原轉頭，沒吭聲，波子臉紅了。
「你現在已經不對我這麼說了？以前，你曾經多次這樣問過我。」
「對，二十年前。」
「你二十年沒問了，所以這次，換我來問你。」
「這就是妳要調侃我的……？」
竹原笑了，
「現在就算不問，也知道。」
「以前你不知道？」
「那時候啊，等於是明知故問吧。對於幸福的人，應該不會問幸不幸福吧。」

說著，竹原朝皇居走去。

「妳的婚姻，我認為是錯誤的，所以才會在妳婚前，以及婚後都那樣問。」

波子點頭。

「可是，那是什麼時候來著？西班牙女舞蹈家來演出的那次，大概是妳婚後第五年吧。在日比谷公會堂，我們不是曾偶然相遇嗎？妳的位子，是二樓前排的招待席，有妳的芭蕾舞伴在，妳先生也在。我坐在後方的位子，刻意躲著。可是，妳發現我後，立刻大步走上來，在我旁邊坐下。而且坐下就不走了。我說這樣對妳先生和朋友不好意思，勸妳回去原來的位子，可是，妳叫我讓妳坐在旁邊，說妳會很安靜……妳這麼說完後，直到表演結束為止，那兩小時一直坐在我旁邊，動也沒動。」

「我想起來了。」

「我當時很驚訝。矢木先生不放心，不時抬頭看我們這邊，可妳就是不肯回去。那時候，我很猶豫。」

波子放慢腳步，驀然駐足。

皇居前廣場入口豎立的牌子，映入竹原的眼簾，

「本公園是大家的公園。請保持公園的整潔。……」

「這裡，也是公園？已經變成了公園？」

看清厚生省國立公園部的告示牌，竹原說。

波子看著廣場的遠方。

「我家高男和品子，在戰時，還是小小的中學生和女學生，天天從學校來這裡運土拔草。去宮城前面時，矢木會叫小孩先用冷水淨身。」

「如果是那時的矢木先生，應該會這麼做吧。那座宮城，現在好像也不叫宮城，改叫皇居了。」

皇居上方的夕陽，大致已褪色，只見大片灰色鋪展，倒是反方向的東方天空，還殘留白天的明亮。

然而，那條像給皇居森林鑲邊的細細藍天，尚未消失。帶點鉛灰色，逐漸

變深。

林中有三、四棵較高的松樹，穿破那細細的藍天，在夕陽餘暉中，黑壓壓勾勒出松樹的姿態。

波子邊走邊說，

「天黑得好快。離開日比谷公園時，議事堂的塔樓還被夕陽染成桃紅色。」

那個國會議事堂，已被暮靄籠罩，上方有紅燈閃爍。

右邊的空軍司令部和總司令部的樓頂，也同樣有紅燈閃爍。

總司令部的窗口燈光，即使隔著護城河畔的松樹，也能看見明滅不定，在那松樹下，隱約可見幾對幽會的人影。

波子遲疑地停下腳步。那些冷清的幽會剪影，竹原也看到了。

「這裡太冷清，還是繞到對面那條路吧。」

波子說，兩人遂折返。

看到幽會的人影，兩人都察覺彼此走在路上也像在幽會。

竹原送波子去東京車站的途中，由於車子故障，只好用走的，不過日比谷公會堂的音樂會，是波子打電話邀他來的，所以打從一開始的確就是幽會。

然而，兩人都已年過四十。

談論過去，結果也變成談論愛情。波子傾訴的自身煩惱，聽來也像愛的傾訴。那是因為兩人之間，的確有那麼多的歲月流逝。這段歲月，將兩人連結，也將他們隔絕。

「你之前說很猶豫，是在猶豫什麼？」

波子把話題扯回來問。

「對，那時候啊……我還太年輕，拿不定主意該如何判斷妳的心理。畢竟妳丟下矢木先生，坐在我旁邊不肯走，實在是太大膽了。妳為何做出這麼決絕的舉動？仔細想想，妳打從以前，就會流露強烈的感情嚇到人。我猜想應該是那個因素。好像也的確是那樣吧……」

「剛才，妳自己說那是發作，那時和剛才，如果都是情緒一時發作，我覺得兩者差很多。當時，妳對在場的丈夫視若無睹，今天，卻對應該遠在京都的丈夫如此恐懼……」

竹原說。

「那時候，如果悄悄把妳帶出公會堂，兩人一起逃走，或許會更好吧。那時我還沒結婚。」

「可是，當時我已有小孩了。」

「不過，更重要的是，對於妳的幸福，我或許也有所誤解。那個時代，我的年輕，令我深信，已婚女子的幸福，只能在那段婚姻中尋求……」

「就算是現在，也是如此。」

「可以這麼說，卻也不盡然。」

竹原輕聲，卻強勢地說，

「不過，當時，妳離開矢木身邊，待在我身旁，也是因為妳的婚姻幸福和諧，才做得到吧。因為妳信賴矢木，感到安心，這種感情上的任性，或許才能夠被容忍。我是這麼想的。或許妳看到我，只是忽然有點懷念。妳來到我身旁的舉動，並沒有讓妳在矢木面前感到心虛。儘管如此，妳一直坐在我旁邊還是很奇怪。但妳什麼也沒說。我覺得不該看妳的臉，也不敢把頭轉過去。那時，我很猶豫。」

波子沉默。

「矢木先生的外表，也令我迷惑。像他那樣敦厚的美男子，如果光看外表，誰也想像不到他的妻子會過得不幸福。如果不幸福，只會懷疑是他的妻子不好。現在也是吧。我記得那是前年，還是大前年，我租住府上的別屋，有一次妳沒錢繳電費，我就把我的薪水袋給妳，妳潸然落淚，說薪水袋還沒拆封……妳還說，婚後一次也沒見過丈夫的薪水……我很驚訝，可就連那時，我首先想到的，也是怪妳過去的做法不對。可見矢木先生表面上看起來多麼像個好人。更何況以前，當你們這對璧人經過時，人們都會忍不住回頭看吧。雖然我認為妳結婚的出發點就錯了，但是問妳是否幸福，好像在懷疑自己的眼光。妳不回答，我認為也是理所當然。」

「竹原哥不也沒有回答嗎？」

「我？」
「對。剛才，我不是也問過你。」
「我們夫妻很平凡。」
「世上有平凡的婚姻嗎？你騙人。每一樁婚姻，似乎都是非凡的。」

「可是，我不像矢木先生那樣非凡……」
竹原像要轉移話題般說道。
「不對。就算看我的老同學，多半也是如此，不是因為那個人非凡，所以婚姻也非凡，就算兩個平凡人湊在一起，婚姻也會是非凡的。」
「言之有理。」
「又來了。這句話什麼時候成了你的口頭禪……？就像老年人轉移話題敷衍人，不覺得很討厭？」
波子緩緩抬起眉毛，稍微湊近看竹原的臉，
「每次都是我在說家務事。」

她決定主動配合他，就此轉移話題。

雖然也有點煩躁，很想打破砂鍋問到底，但竹原的家務事，波子終究不敢涉入。

「那輛車還是不能動，還在冒煙呢。」

波子說著笑了。

日比谷公園的上方，月亮出來了。大概是初三或初四的月亮，那彎彎的弓形，不偏不倚，直立在雲間。

兩人來到護城河上方。

眺望水面倒映的燈光，就此駐足。

司令部窗口的燈光，從正面落下長長的燈影，在水面搖曳。右岸的成排柳樹，和左邊略高的石壁，乃至上方的松樹，都在燈影旁，落下闌珊暗影。

「今年的中秋節，是九月二十五或二十六吧？」

波子說。

「報紙刊登了這裡的照片。拍的是司令部上空的滿月……也有這燈影。只有成排窗戶，水面上，也映現條條燈光，上方還有一條光影，那似乎就是月亮的影子。」

「妳從報紙的照片，就看出那麼多細節？」

「對。雖然是明信片一樣的照片，但我印象深刻。也拍到城堡似的石牆及松樹，所以相機應該是架在那邊的柳樹之間吧。」

竹原感到秋夜的寒氣，催促著波子，邊走邊嘀咕。

「妳對孩子們也講那種話？會讓妳的孩子軟弱喔。」

「軟弱……？我這人，真有那麼軟弱？」

「品子也是，上了舞台雖然很強，但是今後如果像媽媽就麻煩了。」

越過護城河，他們向左轉。從日比谷那邊走來一群警察。只有皮帶扣看似閃閃發亮。

波子讓路給他們，作勢抓住竹原的手臂，想要依靠他。

「所以，我希望你幫助品子，好好保護她。」

「比起品子，妳自己呢……？」

「我不是已在各方面仰仗你的力量了？在日本橋，能夠開設舞蹈教室，也是靠你幫忙……而且現在，你保護品子，也就等於保護我。」

波子避開那群警察，走向岸邊的柳蔭。

那些垂柳細碎的葉片，幾乎都還沒掉落。

不過，電車軌道旁的成排懸鈴木，這頭的樹木，樹葉才泛黃，可對面那頭，同樣是懸鈴木卻已落盡葉子，只剩光禿禿的枝椏。或許因為這邊屬於公園的樹蔭吧。仔細一看，這邊的行道樹，也混雜著葉子大致落盡的樹，和葉片仍翠綠的樹。

竹原想起波子說的「樹木也各有各的命運……」那句話。

「如果沒有戰爭，品子現在，應該在英國或法國的芭蕾舞學校跳舞吧。說不定我也能跟著去。」

波子說。

「那孩子，白白浪費了寶貴的學習時光。已經無法挽回了。」

「品子還年輕，今後開始也不遲……不過，波子妳原來也想過那樣的脫身方法啊。」
「脫身……？」
「脫離婚姻……離開矢木先生，逃到國外……」
「這個嘛，誰知道……？當時我只顧著考慮品子，打算為女兒而活……當然現在也是……」
「身為母親，這是用孩子當藉口的脫逃方法吧。」
「是嗎？可是，我認為，我的方法更激烈。甚至好像有點瘋狂。因為品子成為芭蕾舞者，是替我實現未了的夢想……品子就是我。我們之間，究竟是我成為品子的犧牲品，還是我犧牲了品子，有時候，我都搞糊塗了。怎樣都無所謂吧。一旦開始思考那種事，彷彿就會看清自己的能力有限，很糟糕。」
波子說著，不禁低下頭，
「咦，水裡有鯉魚。有白色的鯉魚。」
她揚聲說，一邊低頭看護城河。拂開垂落臉頰和肩膀的柳枝。
來到日比谷的十字路口，護城河也在這裡轉彎。

轉角的水中，有一尾白色鯉魚靜止不動。沒有浮上水面，也沒有沉到底，就在水中。因為是轉角，淤積垃圾，只有那裡的水底看起來特別淺，也沉積落葉。不過，也有懸鈴木的落葉和鯉魚一樣，在水中靜止不動。波子拂開的柳葉，散落水面。水是淺黃色的，有點混濁。

藉著司令部的燈光，竹原也低頭看鯉魚，但他立刻後退，定睛看著波子的背影。

波子的黑裙，裙襬倏然收窄，勾勒出腰部至腿部的線條。

竹原打從青春時代看波子跳舞時就見過，那是令人怦然心動的線條，那種女性化的線條，迄今未變。

然而，看著那樣的波子，在夜間低頭看護城河鯉魚的背影，竹原心想這算什麼，再也不忍看下去，

「波子。那種東西，妳要看多久。」

他厲聲喊道。

「別看了。那種東西，妳不該在意。」

「為什麼？」

波子轉身，從柳樹下，回到步道。

「那種小鯉魚，就算有一尾，也沒有人要看。結果妳卻盯著不放……」

「就算沒人發現，無人知曉，這條鯉魚，還是一樣在這裡呀。」

「妳就是這種人。就是會發現看似寂寞的小魚……」

「或許吧。不過，寬闊的護城河中，偏偏就在人來人往的轉角一隅，那樣靜止不動，你不覺得很不可思議？也沒有路人發現，事後就算對誰說起這條鯉魚，一定也會以為是騙人的吧。」

「那是因為，會發現那條魚的人才奇怪……也許魚就是想被妳看見，才出現的。因為同樣孤獨，同病相憐。」

「對。有鯉魚的對面護城河中央，可以看到告示牌寫著，要愛護魚類。」

「噢，那倒好。應該寫愛護波子才對吧。」

竹原笑了，望著護城河的水，像要尋找告示牌。波子也笑著說，

「在那裡啦。你連告示牌也看不見？」

兩人身旁，來了一輛美國的軍用巴士，載滿美國男女。步道旁，也有美國的新型車輛大排長龍，絡繹發動。

「在這種地方，看什麼可憐的魚，妳這樣不行喔。」

竹原再次說。

「妳這種個性，應該改掉。」

「是啊。就算為了品子也是。」

「這也是為了妳自己好……」

波子沉默片刻後，平靜地說，

「雖然不只是為了品子，但我已決定賣掉我家的別屋。那是以前租給你的房子，所以賣掉之前，我想，應該跟你說一聲……」

「這樣啊。不如我買下吧。那樣的話，如果，日後到了主屋也想賣掉時，或許比較方便吧。」

「啊？竹原哥，那種主意，是你臨時想到的？」

「是我冒昧了。」

竹原道歉，

「忍不住失禮地搶先自作主張……」

「哪裡。的確如你所說，遲早有一天，主屋也會賣掉。」

「到那時候，主屋的買家，一定會很在意別屋住著什麼樣的人。雖說是別屋，畢竟都在一個院子裡，甚至聽得見說話聲，所以日後主屋說不定會不好賣。我如果先把別屋買下，等到主屋要賣時，便可一起轉讓……」

「噢……」

「不過，與其賣掉別屋，我倒覺得不如把四谷見附那塊火場廢墟賣掉。現在只剩圍牆，都長雜草了吧。」

「是啊。不過，那塊地方，我想留著，將來給品子蓋個舞蹈研究所……」

竹原本想說，恐怕沒希望建造，

「那也不見得非要蓋在那裡吧。等妳要蓋時，一定會找到更好的地方。」

「或許吧。但那塊土地，蘊藏我和品子的舞蹈夢想。我年輕時，以及品子從小的舞蹈精魂，都在那裡。在那裡，我總是看到各種舞蹈的幻影。我不能把那塊土地賣給別人。」

「噢……？那麼，也不用把別屋分開賣了，我看不如趁這個機會，把北鎌倉的房子整個賣掉，在四谷見附蓋一棟附帶舞蹈研究所的房子……？這個應該做得到。我的事業，以目前的發展，也可稍微幫妳一把。」

「我先生一定不會答應。」

「可是，那是看妳的決心吧。如果不下定決心，絕對蓋不了研究所喔。我認為，現在正是好機會。過一天算一天的日子，什麼都不會留下。如果現在建造一定規模的研究所，聽說很多人都因沒有適合的練舞場地而苦惱，屆時租借給其他舞蹈家使用，應該也對品子有所助益。」

「他不會同意的。」

波子無力地說。

「就算告訴矢木，他也只會照例沉吟半天，看起來像在深思。以前，我還以為他真的是那種深謀遠慮的人，但他只是說『嗯，是嗎……？』露出煞有介事的樣子，期間，都在算計利害得失。」
「不會吧……」
「我覺得就是那樣。」
竹原轉頭看波子。波子與他四目相對，
「不過，在我看來，你也很不可思議。不管我找你商量什麼問題，你都能當下做出判斷，從來不會遲疑。」
「也沒有吧。那是因為我對妳沒什麼算計，或者，是因為我變成俗人了吧。」
波子的眼睛，始終沒有從竹原臉上移開。
「可是，你買下我家別屋，打算做什麼……？」
「做什麼啊，這個我還沒想過。」
然後，竹原半開玩笑說，
「當初，我等於是被矢木先生用體面的藉口從那棟別屋趕出去，所以如果我買了，就可以正大光明地上門，報復矢木先生吧。不過，矢木先生應該不會賣給我。」

「以矢木的個性，說不定撥撥算盤後，還真的會賣喔。」

「矢木先生應該沒有撥過算盤吧。撥算盤始終是妳的工作。」

「是啊。」

「不過，妳說的沒錯，矢木先生或許連我也肯賣吧。因為他是個做夢也不會把嫉妒形諸於色的紳士……他一定不希望，只因為不肯賣給我，就被人認定他在嫉妒吧。不過，你們夫妻之間，到底有沒有嫉妒，彼此都沒有流露絲毫痕跡，在旁人看來，還真有點詭異。也像是暴風雨前的寧靜……」

波子沉默，但在心底，有冰冷的火焰顫抖。

「我可不是有什麼陰謀詭計，才說要買妳家的別屋，但我如果在那間別屋不時出現，讓矢木先生覺得礙眼，似乎也挺有趣的。我想撕下矢木先生的偽君子外皮……不過，比起矢木先生的嫉妒，恐怕會先害妳受苦。就連這麼提議的我自己，如果這次又在兩位身邊出現，恐怕心裡也會不平靜。」

「不管你在哪裡，我的痛苦都是一樣的。」
「是因我而生的痛苦……？」
「那當然也有。不過也有別的痛苦。就連你剛才那個賣掉房子建造舞蹈研究所的提議也是，雖然對我女兒好，但是高男不知會怎樣。高男是個模仿性很強的孩子，越來越喜歡模仿他爸爸。如果站在高男的立場，或許這也不能怪他。我只顧著支持品子跳芭蕾舞，導致高男幾乎活在姊姊的陰影下……」
「是啊。這點必須要注意。」
「更何況，經紀人沼田老是從中挑撥，離間我們四人。連我和品子之間都是……他大概想讓我們各自離心，以便把我當玩物，把品子當成餌食吧。」
那邊的河岸垂柳之間，同樣豎立著「請愛護魚類」的告示牌。司令部的正前方，或許是窗口燈光太亮，對岸的松影，以及這頭成排的柳樹影子，都只有在這裡的護城河水面看起來較為清晰。
窗口燈光將對岸石牆的牆角都隱約照亮。在那石牆上方，只見約會男人的菸頭火光。

「好可怕。也許剛才經過的車上，就坐著矢木……？」

波子再次不經意縮起肩膀。

母親的孩子父親的孩子

矢木元男，帶著兒子高男，走出上野的博物館。

做父親的，在石造玄關的中央駐足。瀏覽太多古代美術品已感疲憊的雙眼，似乎是恍惚瞥見公園的群樹，因此不經意駐足。也像是古代美術品縈繞腦海，對自然景色感到耳目一新。

父親輕鬆地展顏，眺望公園。高男從旁望著那樣的父親。

父子倆很像，但兒子比父親矮一點，也比較瘦。

兒子抱著崇敬，望著睽違二十天之久的父親。

父子倆，是在雕刻展覽室相遇的。

當時矢木從二樓下來，一走進雕刻展覽室，就在興福寺的沙羯羅像前，發現高男站在那裡。

直到矢木走近，高男才轉身，發現父親後，神情有點不自在。

「爸爸，您回來了。」

「對，我回來了。」

矢木說著，點點頭，

「不過，這是怎麼回事。居然在意外的地方巧遇。」

「我是來接您的。」

「接我……？你怎麼知道我在這裡。」

「因為您寫信說，會和博物館的人一起搭夜車回來，所以我猜想，您大概不會直接回家，應該會先來博物館。上午，我本來在家等候……」

「是嗎。謝謝你。信是什麼時候送到的？」

「今早……」

「正好趕上？」

「可是，今天姊姊要練舞，已經和媽出門了，所以她倆都不知道爸爸今天回來。」

「是嗎。」

兩人像要避免面對面，注視著沙羯羅像。

「雖然猜想爸爸大概來博物館了，但我還是想了半天，能在哪裡找到您。」

高男說。

「最後我決定，在這裡的沙羯羅和須菩提前面等候。這個主意不錯吧？」

「嗯。好主意。」

「爸爸如果來博物館，每次臨走之前，一定會來這興福寺的須菩提和沙羯羅前面，佇立片刻吧。」

「對。因為這樣可以讓腦子倏然清醒。心裡的陰影和汙垢，也能坦誠洗滌。而且，好像也能消除種種疲勞和糾結，感到難以形容的溫暖。」

「我看了只覺得，童顏的沙羯羅皺眉頭的樣子，和姊姊與媽媽的習慣動作，是不是有點像？」

父親搖頭。

彷彿要強調絕不可能，矢木大搖其頭，但是立刻放緩臉色。

「會嗎。不管怎樣，高男覺得媽媽和品子與天平時代的佛像有點相似，是了不起的好事。如果告訴她倆，兩人一定也會變得溫柔一點。不過，沙羯羅不是女子。女人也沒有這種長相吧。沙羯羅是少年喔。是東方的聖少年。凜然挺立。在天平時代的奈良都城，似乎真有過這樣的少年呢。須菩提也是。」

「是。」

高男說著，點頭贊同，

「我在等爸爸時，在沙羯羅與須菩提的面前站了很久，漸漸覺得他們看似有點悲傷……」

「嗯。兩者都是乾漆雕像，乾漆這種雕刻素材，佛雕師或許比較容易用抒情的手法處理吧。天真的少年雕像，也散發日本的哀愁。」

「姊姊也是，靈活眨動的上眼皮，不時皺起眉毛，就會露出和這個相似的悲傷眼神喔。」

「是嗎。不過，皺著眉頭，也是佛像的常見姿態之一。這個沙羯羅的夥伴，八部眾神中的阿修羅像，以及和須菩提同為釋迦十大弟子的雕像之中，也有好幾尊同樣皺著眉頭。而且，這尊沙羯羅，雖然塑造成纖弱的少年樣貌，卻是八大龍王之一，其實是龍。具有護持佛法的驚人法力。是水中之王。這尊雕像，也蘊藏那樣的力量。環繞肩膀的蛇，不也在少年的頭上昂起鎌首嗎？可是，看起來就是非常人性化的作品，讓人可以敞開心扉親近，所以才會覺得長得很像某人。不過，看起來如此寫實，象徵著永恆的理想。在可愛的純真之中，具有澄明的偉大，也有滲透人心的靜謐、深奧的力量動態。很遺憾，和咱們家的女人，在智慧深淺上恐有天壤之別。」

兩人從沙羯羅雕像前移至須菩提前。

須菩提的雕像，以更若無其事、更自然的姿態站立。

沙羯羅高五尺一寸五分（約一五六公分），須菩提是四尺八寸五分（約一四八公分）的立像。

須菩提身披袈裟，右手拎著左袖袖口，穿著木底草鞋，在岩座上，恭謹、略顯寂寥地安靜佇立。在凡人之中似乎尋常可見的光頭和童顏，看起來清純平和，具有令人懷念的永恆。

矢木靜默，從須菩提前面離開。

然後，就此走出玄關。

向外伸出的玄關，巨大的石柱彷彿收納博物館前庭和上野公園的雄偉畫框。佇立在那石造玄關正中央的花崗岩地板，高男想，爸爸在日本人之中算是少有的體格，看起來一點也不矮小寒酸。

「在京都運氣好，接連有考古學會和藝術史學會，我兩者都參加了。」父親說著，緩緩撩起長髮，戴上帽子。

矢木雖說在京都出席了考古學會和藝術史學會，但他參加的只是學會舉辦的活動，得以參觀某人的私人收藏品而已。

矢木既非專業考古學家，也不是藝術史學家。

雖然矢木也會把考古學的參考品當成古美術品看待，但他大學念的是國文學系，應該算是日本文學史家。

戰時，他寫了《吉野朝的文學》這本書，在當時開設講座的某私立大學，當作學位論文提交。

內容是調查南朝人戰敗後，徘徊在吉野的山中，一邊維護王朝的傳統，也盡力流傳，心懷憧憬的文學和史實。南朝天皇的源氏物語研究，令矢木下筆時潸然落淚。

矢木也造訪了北畠親房[1]的遺跡，沿著《李花集》[2]的宗良親王流浪的路線，一路走到信濃。

根據矢木的說法，聖德太子的飛鳥時代，以及足利義政的東山時代當然無庸贅言，就連聖武天皇的天平時代，藤原道長[3]的王朝時代，也絕非和平的時代。人類征戰的長河，綻放了美的浪花。

---

1 北畠親房（1293-1354），鎌倉後期至南北朝時代的公卿、歷史家。

2 《李花集》，南朝宗良親王個人的和歌集，分上下兩卷。

3 藤原道長（966-1028），平安時代的貴族政治家，不僅在政壇掌握實權，也對古典文學和國風文化的興盛做出巨大貢獻。

矢木是受到原勝郎博士的《日本中世史》啟發，才開始關注藤原時代的黑暗。

此外，矢木現在寫「美女佛」的研究，也多半受到藝術史學家矢代幸雄博士的著作《日本美術的特質》等書的美學引導。矢木本想將「美女佛」題為「東方的美神」，但那樣似乎太像矢代博士了。而且比起「神」這個字眼，矢木還是更想用「佛」這個字。

對於日本的「神」這個字眼，矢木也因日本戰敗，大受打擊，伴隨自己的心虛感。《吉野朝的文學》到了今天，也成了感傷戰敗後的書，當然，在日本的美學傳統中，素來將皇室視為神。

矢木所謂的「美女佛」，主要是觀音。不過，除了觀音，舉凡彌勒佛、藥師佛、普賢菩薩、吉祥天女，只要是女性化、造型柔美的佛，他全都列入，試圖從那些佛像和佛畫，汲取日本人的精神和美學。

矢木不是佛教學者，也不是藝術史學家，因此對那方面見識淺薄，但是「美女佛」應該會成為獨樹一格的日本文學論。矢木認為，如果當作文學論應該寫得出來。

身為國文學者，矢木或許算是涉獵較廣泛的人。

他本是半工半讀的窮學生，剛和波子結婚時，矢木連女學生喜歡的中宮寺觀音像都不清楚，也沒去過有彌勒佛像的京都廣隆寺。他學習蕪村的俳句，卻不曾看過蕪村的畫作。雖是大學國文學系畢業，卻比波子這個女學生更缺乏日本素養。

「名古屋的德川家，有源氏物語繪卷展出，你可以去看看。」

波子說，叫來奶媽，拿旅費給他。波子的奶媽也負責家中會計。

矢木的羞恥、不甘，已經深入骨髓。

博物館內，正在展出南畫（文人畫）名作。

以前，矢木只知研究蕪村的俳句，對其畫作壓根不知，這次當然也展出了蕪村的南畫。

「二樓的南畫，你看了？」

矢木對高男說。

「只是走馬看花。因為不知道爸爸什麼時候會來佛像這裡，我不放心，所以別的都沒時間慢慢欣賞……」

「是嗎，那真可惜。今天我接下來還與人有約，已經沒時間了吧。」

父親從口袋掏出懷錶看。

那是倫敦史密斯公司的古典銀製懷錶，稍微按一下旁邊的金屬零件，就在矢木的口袋裡敲響三點報時。之後，又各響了兩次兩下。響兩下的聲音，是通知十五分鐘，所以聽聲音就知道，現在大約是三點三十分左右。

「如果送給宮城道雄[4]那樣的盲人，一定很方便。」

矢木經常說，走在昏暗的夜路，或放在昏暗的枕邊時，這支懷錶也可報時。

矢木也有鬧鈴式懷錶。高男曾聽父親說，慶祝某人出版著作的聚會上，就在某人冗長的演說當下，矢木口袋的鬧鈴懷錶忽然叮鈴響起，當時真的很有意思。

此刻，高男也聽著父親胸前口袋的懷錶，用小音樂盒那樣細小的聲音報時，他很高興能夠遇見父親。

「我還以為您會從這裡直接回家。您待會還要去別的地方？」

「嗯。因為在夜車上睡得很好。不過，高男你可以一起去。對方是教科書出版商，針對平安王朝文學和佛教美術的交流，我曾寫過一點東西，所以出版商想放進國語教科書。反正，八成是要商討如何刪減專業的部分，改成辭藻華麗的通俗文章。而且，也要指定插圖。」

矢木走下玄關的石階，望著北美鵝掌楸的葉子凋落。

北美鵝掌楸的葉片像柏葉那麼大，是靠近石造玄關的唯一一棵巨木，深色的黃葉，鋪滿庭院，沉靜如年老的君王佇立。

「我的文章最精華的內容雖被刪減，但是仍可感受藤原的美術，對於閱讀藤原文學的學生，應該會有幫助。」

4 宮城道雄（1894-1956），作曲家。出生數月便罹患眼疾，七歲時失明。

矢木接著又說，

「蕪村的畫，你覺得如何？高男，你也沒見過他的畫，只在國語課學過蕪村的俳句吧……」

「是。我覺得，崋山很好。」

「渡邊崋山嗎。是啊。不管怎麼說，在南畫方面，大雅才是偉大的天才。不過，崋山更吸引現在的年輕人吧……在那個時代，崋山吸收西方風格，有強烈的好奇心又做出嶄新的努力嘛……」

之後，矢木走出博物館正門時又說，

「待會，也會見到那個沼田喔。就是品子的經紀人……」

他們搭乘中央線到四谷見附。

朝聖依納爵堂的方向走，準備過馬路，等待車子駛過的同時，高男微微挑眉說，

「我最討厭的，就是那個經紀人。下次，如果他再對媽媽和姊姊做出不該

做的事，我就要跟他決鬥……」
「決鬥？也太激烈了吧。」
矢木沉穩地微笑。
不過，不知那是當今青年的慣用語，還是高男個性的流露？父親看著兒子的臉思忖。
「真的啦。對付那種人，如果不拿自己的性命和他拚搏一場，他絕對不會學乖。」
「對方如果是無聊的人，那不是很無趣嗎？太糟蹋自己的生命了。沼田很胖，皮粗肉厚，高男你就算用那皮包骨的手臂揮舞小刀，也打不倒他。」
父親說著，對他一笑。
高男做出拿手槍瞄準的動作。
「我會用這個。」
「高男，你這小子，有手槍？」
「沒有，但是那種玩意，隨時可以向朋友借來。」

兒子若無其事地回答，令父親提心吊膽。

喜歡模仿父親、看似乖巧文靜的高男，難道內心深處也潛藏像他母親一樣的性烈如火，不時病態地燃燒起來嗎？

「爸爸，過馬路吧。」

高男尖聲說。接著，迅速跑過從新宿那邊駛來的計程車前。

只見女學生三五成群，穿著制服，略低著頭，朝聖依納爵堂走去。或許是馬路對面雙葉學園的女學生，放學之後，要去禱告。

走在外護城河的堤防陰影中，矢木看著教堂的牆壁。

「即使是新教堂的牆上，也有老松的影子呢。」

他沉靜地說，

「這是去年聖方濟・沙勿略[5]的右臂來日本展出時的教堂吧。聖方濟・沙勿略在四百年前前往京都時，想必也曾在街道成排的日本松影下走過。當時京都仍在戰亂中，足利義輝將軍也四處逃亡。沙勿略努力試圖拜見天皇，但是當然不被允許。他只在京都待了短短十一天，就返回平戶了。」

落下松影的牆壁，被夕陽染上淺桃紅色。

隔壁上智大學的紅磚牆，也被夕陽照亮。

走進前方的幸田屋，他們被帶進靠裡面的房間。

「怎麼樣，很安靜吧？這裡在成為旅館前，本來是做貿易起家的暴發戶的房子，這間是茶室。那個得到諾貝爾獎的湯川博士，也在這房間住過。無論是他剛從美國搭飛機抵達時，或是搭機要回美國時……游泳選手古橋他們往返美國時，也是在這裡集宿。」

「這是媽媽常來的地方吧。」

高男說。

湯川博士和古橋選手，是戰敗的日本的榮耀，也是希望，被帶進那麼受歡

5　聖方濟．沙勿略（San Francisco Xavier, 1506-1552），西班牙籍天主教傳教士，是第一位踏上日本國土的天主教傳教士。屍體常年不腐，被視為「奇蹟」，右臂在一九四九年（紀念來日四百週年）送來日本展出。

迎的人物往返美國時住過的房間，矢木以為，年輕學子應該會很興奮，可是高男似乎沒什麼感覺。

矢木補充，

「來這裡之前，不是有大房間嗎？當時就是把那兩間打通，當作湯川博士的會客室。形形色色的人蜂擁而來，雖然屋主盡量不讓他們進這個起居室，但是報社的攝影小組，不知從哪潛入庭院，想偷拍到醜態，湯川先生連片刻都不能安心放鬆。為了不讓攝影小組進入，這裡派了兩個女服務生，守在庭院兩端，徹夜站崗，據說被蚊子咬得傷透腦筋。因為當時是夏天。」

矢木望向庭院。

庭院種滿大名竹、布袋竹、寒竹、四方竹等各種竹類，角落可以看見稻荷神社的紅色鳥居。

這個房間也叫做竹廳，用燻成褐色的竹片做天花板。

「湯川博士抵達時，旅館老闆娘生著病，但他難得回日本，因此老闆娘躺在病床上還細心吩咐要點上好香，也要有盛開的牽牛花，院子的樹上，最好還有蟬鳴。」

「噢……」

「最好還有蟬鳴，這種要求很有趣吧。」

「是。」

不過，同樣的故事，高男以前也聽母親說過。父親似乎是從母親那裡現學現賣，所以兒子很難做出覺得有趣的表情。

他環視房間說，

「這房子真不錯。媽媽到現在應該還是常來吧。真奢侈。」

父親背對吉野原木木紋斑斕的壁龕柱子，閒適地坐著，點點頭說，

「似乎真有蟬鳴喔。『來東京旅宿，先聞懷念蟬鳴聲，就在庭樹間。』這是那時湯川博士創作的和歌。湯川先生本來就有和歌的素養。」

他繼續之前的敘述，岔開了高男提起的話題。

接下來吃晚餐，也是記波子的帳。最近，對於這樣的事，高男也有點不諒解父親。

矢木隨口說，

「你媽和這裡的老闆娘很熟，算是朋友的交情吧，品子要站上舞台，那種交情應該也有幫助。」

教科書出版社的總編輯來了。

比起自己的文章，矢木先給對方看的是藤原的佛教美術照片，

「這些照片，都是我拍的，包含我個人的見解。」

他挑出高野山的聖眾來迎圖、淨琉璃寺的吉祥天女、博物館的普賢菩薩、教王護國寺的水天、中尊寺的人肌大日如來、觀心寺的如意輪觀音等照片，擺滿一桌，正要說明時，

「對了，先喝一杯淡茶吧。已經養成京都的習慣……」

拿起河內觀心寺的密佛，如意輪觀音的照片，

「說到佛……清少納言在《枕草子》也有寫到。如意輪憂煩人心，托腮而坐。為無比悲愁自慚……把那種神韻形容得很好，所以這段，我的文章也引用

了……」

矢木沒有特別針對總編輯或高男這麼說完後，接著明確地對高男說，

「剛才，在博物館不是看到沙羯羅與須菩提嗎？奈良佛像的那種聖潔、人性化的寫實感，在藤原的人性化寫實作品中，逐漸變得這樣嬌豔。有人體肌膚的溫暖，充滿現世感。但是，並未失去神祕感。那是女性之美的最高象徵，拜這種佛，就會覺得藤原的密教原來是女性崇拜。奈良藥師寺的吉祥天女圖，和這京都淨琉璃寺的吉祥天女像雖然相似，但是如果仔細比對，還是可以清楚感到，奈良與藤原的差異。」

然後，矢木把公事包拉過來，取出淨琉璃寺的吉祥天女和觀心寺的如意輪觀音的著色照片，上面還鮮明地留著色彩，所以他建議總編輯，放在國語教科書的卷首插圖，以彩色印刷。

「是啊。與老師的大作相互輝映，想必很不錯。」

「哪裡。我的幼稚文章，還沒確定會被採用……撇開用不用我的文章先不說，日本的國語教科書，我倒希望至少能在卷首放一張佛像。儘管做不到西方

教科書那樣，刊登聖母瑪利亞的圖……」

「當然，老師的大作，我們很想刊登，所以才這樣厚著臉皮來打擾。不過，這尊佛像太有名了，現在的學生，應該都在哪看過照片了吧。」

說著，總編輯有點遲疑，

「放在老師正文中那一頁的照片，當然會按照您的指示……」

「我的文章先不提，我還是希望把佛像放在卷首。如果不看日本的美的傳統，就沒有國語可言。」

「就那個意味而言，老師的論文大作，請務必交給我們……」

「也談不上是什麼論文啦……」

矢木又從公事包取出雜誌的剪報，交給總編輯。

「我在回程的夜車上已經修改過。刪除了麻煩的部分，這樣是否比較適合教科書了，還請你晚點務必看一看。」

他說完，啜了一口淡茶。

即使女服務生稟報沼田抵達，矢木仍把茶杯翻過來研究，始終低著頭，

「請進。」

沼田穿著深藍色雙排扣西裝外套，打扮得很正式，但是挺著啤酒肚，連鞠躬似乎都很困難。

「啊。老師，您回來了。要再次恭喜小姐。」

「啊，謝謝。波子和品子，每次都麻煩你照顧……」

沼田的「恭喜」，是在後台對舞台表演者說話的那種語氣。

沼田的「恭喜」，是指品子的哪一次舞台演出呢？矢木在京都的期間，並不知道女兒在哪跳過什麼舞，所以只是靜靜轉動自己面前的茶杯打量。

「這個茶杯，也是相當不錯的美人。今後天氣寒冷，這種帶有暖意，像美女的志野茶杯，還真不錯。」

「那是波子夫人啊，老師。」

沼田毫無笑意，

「對了，老師，您這次在京都，想必也意外發現了什麼名品吧。」

「不，我討厭翻破爛撿漏。對古董也沒興趣。」

「的確，是名品期待老師青睞……是的，在破銅爛鐵之中，名品倏然發光，等待老師慧眼識珠。」

「應該沒有吧。」

「當然，好東西的確不常見。品子小姐這樣的名品，可不是十幾二十年就能挖掘出一次的。現在，我要斗膽在老師面前說，令千金，就是名品。因為她終於散發出名品的光芒。再過不久，婦女雜誌的新年月刊即將出版，老師，屆時請您看看。在卷首的照片，以各種角度宣傳小姐，非常成功。她是一九五一年最值得期待的新人。況且芭蕾舞也越來越流行……」

「謝謝。不過，也不用勉強把她當物品推銷……」

「這點不用您吩咐，畢竟還有她母親在……」

沼田不客氣地說。

「只是因為名字叫做品子，所以用名品形容更方便罷了。新年月刊的照片，真想趕快給您過目。」

「噢……？說到卷首，剛才也在談那個卷首的話題。」
於是，矢木將沼田介紹給教科書出版社的北見。
女服務生來了，建議他們在餐前先去泡澡。
沼田和北見都說怕感冒，拒絕了。
「那麼，我就失陪一下，先去洗掉夜車的汙垢。高男，你不去嗎？」
高男跟著父親，去了澡堂。
發現磅秤，父親說，
「高男，你現在幾公斤？是不是瘦了一點？」
高男光著身子，站上體重計。
「四十九公斤。正好……」
「太瘦了。」
「爸爸呢……？」
「我看看……」
矢木和高男換位子，

「五十七．三公斤。或者五十七，這幾年，體重都沒變化。」

就在體重計前，父子倆同樣白皙的身體，這樣近距離相對，兒子忽然露出有點羞澀、又似乎有點難過的神情，退開幾步。

這種長州浴桶，兩人一起泡，不免肌膚相觸。

高男先起身去淋浴場，邊洗腳邊說，

「爸爸，長年跟隨媽媽的沼田，這次，也要讓他跟著姊姊嗎？」

父親枕著浴桶邊緣，閉上雙眼。

父親沒回答，因此高男抬頭看。父親的長髮烏黑，但是頭頂中央已開始稀薄。額頭髮際線漸退的父親，似乎從頭頂也開始禿了，高男不禁凝視。

「為什麼爸爸要見沼田那種人？您才剛從京都回來……」

高男想說，您連家都還沒回。他想說，沼田明明不把您放在眼裡。

「我來接爸爸，能夠在博物館遇見，我很高興，但是爸爸居然叫沼田來，令我很失望。」

「嗯……」

「從小，我就覺得媽媽會被沼田搶走，很討厭他。即使做夢，也經常被噩夢折磨，夢到被沼田追逐或快要被他殺死，忘也忘不了……」

「嗯。」

「姊姊和媽媽一樣跳芭蕾舞，所以被沼田纏住……」

「不是那樣。那是高男你的看法太偏激了。」

「才不是。爸爸自己應該也很清楚吧。沼田為了討好媽媽，是怎麼拍姊姊的馬屁……刻意讓姊姊迷戀香山，不也是沼田的手段？」

「香山……？」

矢木在熱水中轉頭面對他。

「香山現在在做什麼，高男你知道？」

「不知道。或許沒有跳芭蕾舞了，沒看到他的名字。也許一直躲在伊豆。」

「是嗎。關於那個香山，我也打算問問沼田。」

「如果是香山的事，問姊姊可能比較好吧。問媽也可以……」

「嗯……」

高男進浴桶。

「爸爸，您不洗嗎？」

「對，懶得洗了。」

矢木把身體靠向一旁，騰出位子給高男，

「今天在學校怎麼樣？」

「只上了兩堂課。不過，我這樣上什麼大學，真的可以嗎？」

「雖說是大學，卻是新制，等於是原先上高等學校的年紀。」

「請讓我也去工作吧。」

「是嗎……？在浴桶裡，別這麼激動。」

矢木說著笑了，從熱水中出來，一邊擦乾身體，

「高男你啊，有時對人的要求太高了。比方說，對於沼田，就有該要求的，和不該要求的。」

「是這樣嗎？對於媽媽和姊姊，也是嗎？」

「你在胡說什麼？」

矢木阻止高男說下去。

兩人回到竹廳，沼田仰望矢木，

「我剛才和老師讚譽為美人的這個茶杯作伴。事實上，老師，那個教堂，是聖依納爵堂吧，我之前忍不住探頭看了一下裡面，結果從天主教的教堂出來，居然喝到淡茶……？」

「噢？不過，天主教和茶，以前很有緣分喔。例如織部燈籠，不也稱為基督教燈籠嗎？」

矢木說著坐下。

「基於古田織部[6]的喜好，在石燈籠的柱子上，雕刻了看似聖母瑪利亞的

6 古田織部（1544-1615），古田重然，戰國至江戶初期的武將、茶人、藝術家。織部是他受封的官職。茶道織部流的始祖。

人物抱著耶穌的雕像。據說，信奉基督教的大名諸侯高山右近創作的茶杓也是。上面有花十這個銘記，讀成花cross。」

「花cross……？不錯。」

「高山右近之流，據說最喜歡的，就是坐在茶室，向基督教的神祈禱。茶道的清淨和協調，使右近成為品格高貴之人，也引導他愛神，發現天主之美。外國傳教士也寫過類似那種意思的文章。耶穌教傳入日本的時候，諸侯和堺的商人之間，正盛行喝茶，所以傳教士也曾受邀喝茶，一起跪坐在茶席，向神獻上感謝的祈禱。送回祖國的傳教報告中，也詳細記錄了茶道的情形，甚至包括茶具的價格……」

「原來如此……最近又開始流行天主教和茶藝，老師住的北鎌倉，可是關東地區的茶藝之都呢。是波子夫人說的。」

「對。去年，隨著聖方濟．沙勿略的右臂展出一同來日的某大主教，也受邀在京都出席茶會，據說茶道的儀式和彌撒的儀式有種種相似之處，似乎令他很驚奇。」

「是……跳日本舞的吾妻德穗先生，也成為天主教信徒，這次要表演《踏繪》[7]，老師不妨也去觀賞？」

「是嗎，長崎的……？」

「應該是長崎吧。」

「舞蹈內容大概是描述踏繪以前的殉教，但是現在，一枚原子彈，就把浦上的天主堂轟得粉碎，在長崎，死了八萬人，其中三萬，據說可能是天主教徒……」

矢木說著，看教科書出版社的北見。

北見沉默不語。

「那裡的聖依納爵堂，據說還是什麼東洋第一。不過，我還是比較喜歡長崎的大浦天主堂。那是最古老的國寶級教堂……玻璃彩繪也很棒。距離浦上有段距離，所以躲過原子彈的破壞，但我去的時候，屋頂還是壞的。」

7 踏繪，江戶時代嚴禁天主教，幕府命人們踩過耶穌和聖母的畫像以判定是否為教徒。

開始上菜了，因此矢木把推到桌上一側的佛像照片，全部收進公事包。

「不過，老師還是更愛佛像吧。以前，老師讓波子夫人跳的《佛手》，就是很好的作品。那支舞結合了佛像手部的各種表情。」

沼田說著，似乎要窺探矢木的臉色，

「我想讓波子夫人也在舞台復出，老師……」

「現在想起《佛手》，那倒是個好例子，不過，畢竟還是要到波子夫人這個年紀，品子小姐的話，恐怕還不適合那支舞的宗教深度吧。」

沼田繼續說道，矢木不客氣地嘀咕，

「西洋舞和日本舞不同，是青春的東西。」

「青春……？青春這種東西，全看怎麼解釋。波子夫人的青春，到底是消逝了，還是至今尚存，這點老師應該最了解……」

說著，他略帶諷刺，

「或者，對於波子夫人的青春，究竟是要葬送還是揮灑，也全看老師吧。

波子夫人的心態有多年輕，我也很清楚，就連她的身體，以我在日本橋的舞蹈教室看到的……」

矢木把臉一撇，給北見斟酒。

沼田也舉杯啜飲。

「讓波子夫人成天陪小孩子練習，未免太可惜了。如果能上台表演，一定也會招來更多學生。就算對小姐也有好處。母女檔的舞姬，可以當做宣傳賣點，用來推銷到舞台上，有時也很管用。我對波子夫人也這麼說過，想拍攝母女倆跳舞的照片，可惜讓她躲過了。」

「那是她有自知之明。」

沼田反駁。

「會站上舞台的人，全都沒有自知之明喔……」

聖依納爵堂的鐘聲響起。

「其實，今晚，難得受老師邀請，我猜大概是為了波子夫人復出的事，所以才鼓起勇氣前來。」

「嗯，是嗎……」

「因為除此之外，我實在想不出，老師找我能有什麼事……」

沼田說著，狐疑地瞇起大眼睛。

「請讓夫人跳舞吧，老師。」

「是波子對你那樣說？」

「是我在拚命煽動她。」

「多管閒事。不過，四十歲的女人就算出來跳舞，我告訴你，那也不過是下次戰爭爆發前的短暫時光。」

矢木含糊其辭，開始和北見聊別的話題。

晚餐的菜色，是裝在八寸方盤的茶懷石料理。有鱉肉凍、烏魚子、腐皮柿餅卷，生魚片有土魠魚和干貝，湯是白味噌湯，裡面放了粟米生麩和銀杏，烤物是味噌烤鰹魚，煮物是蒸鳥蛋，涼拌菜是芋頭芽和黑皮筍，至於鍋物，端上桌的是鯛魚火鍋。

沼田客氣地告辭，矢木這才看錶。

「是老師原先那支錶嗎。不準吧。」

「我的錶，從以前到現在一分鐘也沒有誤差過。」

說到這裡，他打開旁邊的收音機。

「播出節目《左鄰右舍》，本月作者是北條誠。」

矢木把錶給沼田看。

「正好是七點報時的時間。」

「接下來為您播報新聞。」

聽到收音機這麼說，沼田關掉，

「朝鮮啊……老師，史達林自己說過，他是亞洲人。還說不能忘記東方。」

四人共乘一輛車，離開幸田屋，但北見在四谷見附的車站前就下車了。

車子從赤坂見附來到國會議事堂前時，矢木對沼田說，

「剛才你說要讓波子復出，香山呢？他不可能復出？」

「香山……？那個廢物嗎？」

沼田搖頭。他太胖，所以只是緩緩晃動了一下。

「說他廢物，太殘酷了。他現在過得怎樣？」

「就舞蹈家而言，的確是廢物吧……我聽說，他在伊豆的鄉下，當什麼遊覽車司機，不過純粹只是風聞喔。我不清楚。那種隱士，我可不會主動去打交道。」

沼田說著，轉過頭說，

「小姐應該已經沒和他交往了吧。」

「是嗎……」

「不過，這也很難說喔。」

高男話中帶刺地插嘴。

沼田像要撇清關係般說，

「那可麻煩了。高男少爺也要好好勸勸她。」

「那是我姊姊的自由吧。」

「舞台上的人，可沒有自由喔。尤其是今後正值關鍵期的年輕人……」

「當初拚命讓姊姊接近香山先生的，不就是沼田先生嗎？」

沼田沒有回答。

車子沿著皇居的護城河，一路開往日比谷。

矢木忽然想起似地說。

「對了，在京都的旅館，我看畫報雜誌，發現竹原他們公司的相機廣告，用了品子的照片，那也是你安排的……？」

「不是。應該是舊照片吧。是竹原先生以前住在府上別屋時的？」

「噢……？」

「竹原先生的公司，相機和望遠鏡賣得好，生意似乎相當興隆喔。不知能否請他多用品子小姐當相機宣傳的模特兒。」

「那樣太過火了。」

「這種節骨眼，不就該過火一點、大膽嘗試嗎？波子夫人如果跟竹原先生說一聲……」

「波子和竹原已經沒有來往了吧？」

「是嗎。」

沼田就此中斷話題。

車子在日比谷公園的後方角落左轉，越過皇居的護城河。

波子和竹原搭乘的車子，就是在這裡故障的，使得波子對本該在京都的矢木心生畏懼。那是五、六天前的事。

沼田在東京車站和他們道別。矢木搭乘橫須賀線，直到品川一帶始終保持沉默，之後就睡著了。車抵北鎌倉，高男把他搖醒。

圓覺寺門前的杉林，出現月亮。

他們背對月亮，走在鐵軌旁的小路。

「爸，您累了吧。」

「對。」

高男把父親的公事包換到左手，靠近父親。

長長的月台柵欄的影子落在小路上，走過那段路後，這次，反而是住家的樹籬影子落在鐵軌上。小路變得更窄。

「來到這裡，總會覺得回到家了。」

矢木稍微駐足。

北鎌倉的夜晚，彷彿山村幽谷。

「你媽怎樣……？又說要賣什麼東西嗎？」

「啊？我不知道。」

「她不知道我今天回來吧？」

「對。今早爸爸的信才送到，收信人是寫我的名字，所以我放進口袋就出門了……早知如此，應該在幸田屋借用電話，先打回去說一聲。」

高男說著，聲音蒙上陰影，但父親點點頭說，

「算了，沒關係。」

他們走進小路右邊的隧道。那是把山脊如胳膊延伸過來的地方鑿穿，成了捷徑。

在隧道中，高男說，

「爸，聽說要在東大的圖書館前，給陣亡的學生豎立紀念雕像呢，但是大學方面不可能同意。我之前就想，見到爸爸一定要說這件事。雕刻已經完成，本來該在十二月八日舉行揭幕儀式……」

「嗯。之前好像也聽說過。」

「是我說的。有人蒐集陣亡學生的手記，出版了《遙遠的山河》和《聽啊海神的聲音》這些書，也拍成電影。基於『切勿重複那海神之聲』的意味，紀念雕像應該也會命名為『海神之聲』吧。和No More Hiroshima（勿重演廣島悲劇）也有相通之處，是和平的象徵，蘊含悲傷與憤怒……」

「嗯。所以大學的意思是……？」

「好像要禁止。據說日本陣亡學生紀念會捐贈的雕像，大學概不受理……至於理由，是因為這座雕像不是專門針對東大生，而是以一般學生和大眾為對象，按照東大過去的規矩，豎立在校園的紀念像，僅限對學術或教育有重大貢獻的人，而且這座雕像的由來過於慘痛，好像也是個問題。這是因時勢而轉變象徵的雕像，萬一將來又得派學生出征，大學校內有反戰意義的陣亡學生雕像恐怕不妥。」

「嗯哼。」

「不過，陣亡學生的墓碑，豎立在作為靈魂故鄉的校園，我倒認為很適合。這種紀念碑，牛津大學和哈佛大學好像也有……」

「是啊……陣亡學生的墓碑，已豎立在高男的心中吧。」

隧道的出口，有山上掉落的水滴。而且，漸漸聽到熱鬧的舞曲。

「他們在跳舞呢。每晚都練習？」

「對。我先回去，通知他們。」

高男說著拔腿就跑，衝進練舞場。

「我回來了。爸爸回來囉。」

「你爸爸……？」

波子想在練習服外披一件外套，卻臉色發白，搖搖欲墜。

「媽媽，媽媽。」

品子抱住波子。

「媽媽，您怎麼了？媽媽。」

她扶著母親，去牆邊的椅子。

波子閉著眼，腦袋無力地垂落在身旁椅子上的女兒胸前。

品子用外套裹住母親的身體，左手放到母親的額頭上。

「好冷。」

品子穿著黑色褲襪和硬鞋。練習服也是黑色的，露出兩條腿，短短的裙襬，綴有荷葉邊。

波子穿的是白色褲襪。

「高男，把唱片關掉……」

品子說。

「都是被高男嚇唬的。」

高男也湊近，看著母親的臉，

「我哪有嚇唬。媽，您還好嗎……？」

說著，一看品子，皺眉的姊姊，那眼皮令他又想起興福寺沙羯羅的眉頭。果然很像。

品子把頭髮緊緊紮成一束，綁著緞帶。姊姊和母親都脂粉未施。因為練舞會流汗。

品子原本發熱的臉頰呈現玫瑰色，這時嚇得發白，異常澄淨地發亮。

波子睜開眼。

「已經沒事了。謝謝。」

然後，她想直起上半身，品子抱著她，

「您再休息一會別動……要不要給您倒杯葡萄酒？」

「不用了。給我一杯水。」

「好。高男，拿杯水來。」

波子用手掌搓揉額頭和眼皮，一邊挺腰坐正。

「剛才我不是一直在轉圈練習阿拉伯式舞姿（arabesque）嗎？這時高男

突然跑進來……所以有點頭暈眼花，只是輕微的貧血。」
「已經沒事了嗎……？」
品子把母親的手放到自己的胸口，
「連我都嚇得這樣心跳急促。」
「品子，妳快去迎接妳爸爸。」
「是。」
品子看著母親的臉色。接著，在練習服外迅速套上休閒褲和毛衣。解開緞帶，用手指把頭髮撥鬆。
而矢木，在高男跑走後，正緩步前行。
穿過隧道後，山脊上有瘦長的松樹林立，剛才還在圓覺寺杉林的月亮，此刻已來到這片松林上方。
揚言要和沼田決鬥的高男，以及為了陣亡學生紀念雕像幹勁十足的高男，兩者不知究竟是統一，還是分裂，父親感到不安，步履沉重。
矢木現在的家，是以前波子娘家的別墅，沒有大門。入口有小棵山茶花綻放。

芭蕾練舞場，位於主屋和別屋的中央，削平後山的岩壁，建在略高處，看似君臨整座房子。主屋和別屋，此刻都燈火通明。

「我們家的電燈，像是不要錢。」

矢木嘀咕。

睡醒與覺醒

矢木從京都回來的隔天早餐，只有男主人的面前，放著水煮帶殼龍蝦。矢木沒動筷子，於是波子說，

「你不吃龍蝦？」

「噢……懶得麻煩。」

「懶得麻煩……？」

波子一臉疑惑。

「我們昨晚吃過了，這是剩的，不好意思……」

「嗯。我懶得剝殼。」

說著，矢木俯視龍蝦。

波子輕笑著說，

「品子，幫妳爸爸剝殼。」

「好。」

品子把自己的筷子倒過來，戳出蝦肉。

「技術真好。」

矢木望著女兒的動作，

「用牙齒把龍蝦殼喀拉喀拉咬碎，倒是很痛快……」

「讓別人剝殼，沒有滋味吧。好了，剝好了。」

品子說著，抬起頭。

矢木的牙齒，並沒有壞到咬不動龍蝦殼。再者，就算不粗魯地用牙咬，用筷子其實也行，但他居然說懶得麻煩，波子有點訝異。

應該不可能是年紀的問題。

桌上還有烤海苔，以及矢木從京都帶回來的凍豆腐和煮豆皮，所以就算不吃龍蝦，想必菜也夠吃，但矢木似乎是真的嫌麻煩。

外出一段時間回到家，大概是心情放鬆，人也疲懶了吧。矢木看起來似乎有點恍惚。

儘管如此，想到或許是因為昨晚太累，波子就幾乎臉紅，不禁低頭。

然而，那種羞澀也只有短暫一瞬。當她低下頭時，心底已經冷透了。

今早，波子睡飽了才起來，只覺神清氣爽。身體活動起來似乎也格外輕快。

或許是到了乍暖還寒的時候，今早似乎會是最近難得一見的小陽春。

因為有練習芭蕾舞做運動，波子算是食量較大的人，但是今早連早飯的味道，似乎都異於平日。

不過波子察覺這點後，頓時食不知味。

「今天難得看妳穿和服。」

一無所知的矢木說。

「京都畢竟還是穿和服的人多。」

「那想必是。」

「爸爸，在東京，今年秋天也開始流行穿和服喔。」

品子說，看著母親的和服。

之所以穿和服，是自己在無意識中，穿給丈夫看嗎？波子被自己嚇到了。

「兩三天前來的和服店老闆說，戰爭開始時，漆染和絞染布料，賣得特別好……」

「漆染和絞染，換言之，是奢侈品？」

「全絞染要五、六萬。」

「噢？妳要是留到現在才賣就好了。當初賣得太早了。」

「舊衣已經不行了。跌價了。價錢低得不像話……」

波子依舊低著頭說。

「是嗎。那是因為可以自由買到新品吧。不再受限制後，和服店就會抓準女人的虛榮心，專門賣一些精緻的、或者昂貴的貨色。」

「是啊。不過，之前戰爭剛開始時，漆染和絞染流行，這次，又開始有銷路了……」

「總不可能因為漆染和絞染和服，就發生戰爭吧。之前那是戰爭帶動的景氣，這次，應該是因為戰爭導致長期無法穿著吧。如果把奢侈的和服流行，當成戰爭的前兆，那只突顯女人的膚淺，簡直像是漫畫。」

「男人的穿著打扮，也變了很多呀。」

「是啊。可是，比方說帽子，就沒有賣什麼好貨色。多半是夏威夷衫那種風格。」

矢木說著，拿著粗茶的茶杯，

「我喜歡的那頂捷克製帽子也是，妳都沒有好好檢查，就拿去給馬虎的洗衣店，所以才會被水洗，好好的絲絨都毀了。」

「因為那時戰爭才剛結束……」

「就算想買，現在也找不到了。」

「媽媽。」

品子喊道，

「文子——她是我的學校同學，您應該記得吧……？她寫信來，說她想要借一件晚禮服，是聖誕派對要穿的。」

「聖誕節還早吧。」

「她才有意思呢。居然說夢見我……她夢見我擁有很多洋裝喔。夢中我的洋裝衣櫃裡，一字排開掛滿了多達三十件的淺紫和淺粉紅色襯衫……上面有蕾絲綴飾，很漂亮。另一個洋裝衣櫃，掛的全是裙子，而且都是白色，也有畢克布料的。」

「裙子也有三十件……？」

「她信上說，裙子大約有二十件。全是新的。她說因為做了那樣的美夢，所以她猜想，我應該也有很多件晚禮服。她說這是夢的啟示……」

「可是，她的夢中並未出現晚禮服吧。」

「對。只有襯衫和裙子。她看我穿著各種舞台裝在舞台上跳舞，所以才會誤會，以為我私底下也有很多洋裝。」

「是啊。」

「我已經寫回信告訴她，我在後台都是光著身子。」

波子沉默，點點頭。剛才本來還神清氣爽，現在腦中卻漸漸昏昏沉沉，變得倦怠無力。果然，是昨晚迎接出遠門回來的丈夫，累到了吧。

波子覺得很丟臉。

矢木每次只要出門久一點，回來的當晚，波子就會沒事找事地忙著收拾東西，不肯就寢。

「波子，波子。」

矢木喊她，

「妳到底還在洗什麼。都快一點了。」

「是。我想把你旅行穿過的髒衣服至少先洗一下。」

「明天再洗不就好了。」

「我討厭從包裡取出後揉成一團放著……到了早上，會被女傭看見……」

波子光著身子在洗丈夫的內衣。自己這個模樣，總覺得像罪人。

浴缸的洗澡水已經不熱了。波子似乎是故意用溫水泡澡。從下巴開始不停顫抖。

即使穿上睡衣照鏡子時，還在繼續發抖。
「怎麼，妳泡了熱水澡，居然反而發冷……」
矢木錯愕地說。
最近，波子極力壓抑自我，矢木佯裝不知，其實很清楚。
波子覺得似乎被丈夫檢查什麼，卻又覺得罪惡感減輕，接著又好像被推開，就在這樣好一陣子迷迷糊糊之際，又被推回來，這次，閉著的眼皮內，似有金環不停旋轉，火紅色在燃燒。
猶記從前，波子曾把臉貼在丈夫的胸前，
「欸，我看見金環不停旋轉。眼裡倏然變得血紅。我還以為會死。這樣子沒事嗎？」
她如此說道。
「我是不是瘋了？」
「妳沒瘋。」
「真的？我好害怕。那你呢？跟我一樣？」

她緊抓著丈夫說，

「欸，告訴我……」

矢木從容回答後，

「真的？那就好……我好開心。」

波子哭了。

「不過，男人好像沒有女人的感受那麼強烈。」

「是嗎……？是我不好。對不起。」

如今想起那樣的對話，波子很心疼年輕的自己，淚水奪眶而出。

至今仍會見到金環和紅色，卻不是經常。而且，也不再坦白。

如今，那已非幸福的金環。緊接在後的，是悔恨與屈辱啃噬心頭。

「這是最後一次了，絕對……」

波子這麼告訴自己，對自己辯解。

然而，仔細想想，二十幾年來，波子似乎一次也沒有露骨地拒絕過丈夫。

當然，也沒有主動露骨地求歡過。這是多麼奇怪啊。

男與女的差異，夫與妻的差異，這差異簡直大得可怕吧。女人的克制，女人的羞澀，女人的溫順，這不正象徵著女人是如何無奈地被困在日本的習俗中嗎？

昨夜，波子驀然醒來，伸手摸索丈夫的枕邊，按下那枚懷錶。敲響三下，然後叮鈴叮鈴叮鈴地響了三次，似乎是四十分至五十五分之間。

這支錶的聲音，高男說很像小音樂盒，但是矢木曾說，

「這讓我想起北京的人力車的鈴聲。我坐的車子，就有這樣聲音悅耳的車鈴。北京的人力車，拉桿很長，前端的車鈴，在車夫奔跑時，遠遠就能聽見。」

這支錶，也是波子父親的遺物。

母親說這是父親的聲音，很捨不得，矢木卻死皮賴臉討來。

像今晚這樣，被寒風呼嘯聲吵醒，波子就會想，年邁孤單的母親，若能按

響這支錶該多好。曾經在丈夫生前，於枕畔一起聆聽的溫馨聲音，母親不知有多懷念。

就像高男從這支錶的聲音感受到父親，波子也感受到自己的父親。

這支舊懷錶早在高男出生之前，波子的少女時代就有了。這個聲音，一如勾起高男兒時的回憶，也同樣勾起做母親的波子兒時的回憶。

波子再次伸手摸索懷錶，這次放在自己的枕上，讓錶響起。

「叮叮叮，叮鈴，叮鈴，叮鈴……」

之後，她聽見後山的松樹之間，吹過寒風。

家門前高聳的杉林，似乎也有風聲。

波子背對矢木，雙手合十。雖然一片漆黑，但她把手藏在被窩中，默默合掌。

「真沒出息。」

和竹原在皇居前，恐懼遠方的丈夫，昨晚突然聽說丈夫回來，竟然貧血發作，波子的暗自抵抗，被巧妙地打破了。

此刻，波子合掌，就是為了那個，不過，不只是那個原因。也是因為對竹原的嫉妒，在心中蕩漾。

剛才就寢前，波子也為竹原嫉妒，自己都很驚訝。

對於出門多日才回來的丈夫，波子不會懷疑，也不會吃醋。那倒是沒問題。可是，迎合丈夫承歡後，在那懊悔之中，波子沒有為丈夫吃醋，反而意外地為竹原吃醋了。那是鮮明的嫉妒，甚至有種令人窒息的愉悅。

此刻，夜半醒來，那種妒意再次燃起，波子雙手合十，一邊嘀咕，

「對一個見都沒見過的人……」

她說的是竹原的妻子。

不被人看到地偷偷合掌，在跳過《佛手》之後，已成了波子的習慣。

《佛手》這支舞以合掌開始，以合掌告終。在舞動各種佛手姿態之中，也加入合掌的動作，以合掌統整手臂舞動的各種組合動作。

「你們之間，究竟有無嫉妒，彼此連那種跡象都沒有流露，在旁人看來，

實在有點詭異。」

當時被竹原這麼批評，波子沉默不語，但即便是那時，心頭也為嫉妒顫抖。不是為丈夫吃醋，果然，還是為竹原吃醋。竹原的家庭話題，自己無法涉入，令波子很焦躁。

然而，波子做夢也沒想到，就連迎接丈夫的當晚半夜醒來，都要嫉妒竹原的妻子。丈夫搖醒波子的女性本能後，對其他男人的嫉妒也覺醒了嗎？

「不是罪人。我不是罪人。」

波子一邊合掌，一邊呢喃。

不過，會覺得自己是罪人，是愧對丈夫，還是愧對竹原，波子其實不大清楚。

波子朝遠方合掌，向竹原道歉。心已不自覺倒向那邊。

「晚安。不知你是怎麼睡覺的？在什麼樣的房間……？我無從見識，完全不知道。」

然後波子又睡著了。那深沉的睡眠，是丈夫給予的。

今早醒來，神清氣爽，同樣也是丈夫給的。

波子起床比平時晚，早餐也晚了。

「爸，今天您上午有課吧。要出門了嗎……？」

高男催促父親似地說。

「嗯。你先走吧。」

「這樣嗎。其實我可以請假……」

「不行。」

高男起身要走，又被矢木叫住。

「高男。昨晚說的那個陣亡學生的紀念像，學校方面，或許是害怕思想背景的問題吧。」

品子也去廚房幫女傭了。

矢木正在看報紙時，波子說，

「要喝咖啡嗎？」

「也好。早上只有飯前才想喝。」

「我們今天也是在東京練舞的日子，要出門……」

「我當然知道『我們』練舞的日子。」

矢木略帶嘲諷，

「總之，好久沒回家了，就讓我在家好好曬曬太陽吧。」

主屋和別屋之間的練舞場，本來是蓋來當作矢木的書庫。也是兼作閱讀室的日光室，厚實的窗簾南邊，是整面玻璃窗。

把那裡的書架搬走後，正好可以當作芭蕾舞練習場。

矢木或許也因為年紀大了，讀書寫作時逐漸更喜歡待在和室，所以並未反對讓那裡變成女兒的練舞場。

不過，矢木說要曬太陽，意思是指原來的書庫。

波子多少有點不好意思，起身離席，這時矢木放下報紙，

「波子。妳見過竹原吧。」

「見過。」

波子像是挫敗後勉強出聲似地回答。

「噢……？」

矢木的態度平和，若無其事說，

「竹原還好嗎？」

「他很好。」

波子看著矢木的臉，目不轉睛。對自己那樣的注視感到不安後，眼皮內側似乎滲出淚水，很想眨眼。

「應該過得不錯吧。聽說竹原靠望遠鏡和相機，賺了不少錢。」

「是嗎。」

波子的聲音幾乎有點嘶啞，於是又改口說，

「那種事，我沒聽說……」

「他當然不會跟妳說生意上的事。打從以前，不就是這樣嗎？」

「是。」

波子點頭，移開目光。

透過拉門鑲嵌的玻璃看院子，只見杉林落下影子。那是杉樹樹梢的影子。後山飛下來三隻竹雞，時而走進那樹影中，時而又出現在太陽下。

波子急促的心跳平息後，從心窩開始，逐漸僵硬。

然而，波子覺得，丈夫的臉上，似有溫暖的憐憫。她望著院子的野鳥說，「說不定，必須把別屋賣掉。所以，竹原先生曾經在別屋住過一段時間，我想先知會他一聲……」

「嗯，是嗎……？」

然後，矢木陷入沉默。

波子想起，自己之前曾對竹原說過，矢木的「嗯，是嗎……？」總是表現得似乎深謀遠慮，其實在那期間，是在算計利害得失。

果然現在他又說「嗯，是嗎……？」照理說應該會覺得可笑，波子卻感到痛苦。在竹原面前把丈夫說得那麼壞，這樣的自己很丟臉，也很討厭。

「不過，妳可真是禮數周到。」

矢木說著笑了，

「只因為曾經讓竹原住在別屋，現在要賣那別屋，居然還去徵求竹原的同意，未免太有禮貌了吧。」
「不是去徵求同意。」
「嗯，對於竹原，妳是覺得內心有愧嗎？」
波子如遭針刺。
「算了。別屋的事，我不想談。姑且留作他日課題吧。」
說著，矢木反而像要哄波子，
「再不出門，練習就要遲到囉。」
波子在電車上，仍然魂不守舍。
「媽媽，是可口可樂的車子……」
被品子這麼一說，她向外看，只見車身鮮紅的廂式貨車駛過。
在保土谷車站附近，遍地枯草的山丘上，警察預備隊的招募廣告，映入眼簾。

往返東京時，矢木總是搭乘橫須賀線的三等車廂。

所以，波子也搭乘三等車廂，不過有時會去二等。三等的定期票，和二等的回數票，她兩者都有。

品子練習得很勤，舞台演出很重要，所以為了避免累壞她，和母親一起出門時，多半讓她坐二等車。

不過，進二等車廂前，不經意看到三等車的擁擠人潮，今天在品子提起「可口可樂的車子」前，波子甚至沒發覺身在二等車廂。

品子是個沉默寡言的女孩，在電車上這種地方，也很少主動發話。

波子也忘記身旁的品子，從自己的身世，聯想到他人，正在胡思亂想。

波子從人稱奢華的貴族女校畢業，同學們也多半嫁入名門或豪門。那種家庭，多半因戰敗跌落谷底，此外，由於以前沒為柴米油鹽煩惱過，這樣的女人步入中年後，在舊道德的動搖上，會比常人更嚴重受折磨。

一如波子和矢木的情況，丈夫靠不住，只能依賴妻子娘家資助過日子的朋友也比比皆是，但是這種夫婦，多半失去安定。

「每一樁婚姻，似乎都是非凡的。……就算兩個平凡人湊在一起，婚姻也會是非凡的。」

波子當時對竹原這麼說，就是因為看到這些朋友的例子，深有感觸。維持夫婦生活的舊圍籬和基礎已經崩塌，所以平凡的外殼破裂，露出本來的非凡。

比起自己的不幸，人似乎總是從他人的不幸學會認命，但波子學到的，不只是認命。她也對別人的遭遇驚訝，因自己的遭遇覺醒。

其中一個朋友，因為愛上別的男人，和那人分手後，才體會到和丈夫結婚的快樂。還有一個朋友，因為擁有二十幾歲的情人，在丈夫面前也突然恢復青春，但是被年輕男人冷落後，她對丈夫也變得冷漠，反而令丈夫懷疑，後來她和年輕情人重修舊好，灌注給丈夫的愛，都是從外面的泉源汲取的。這兩個朋友的丈夫，都沒有察覺妻子的祕密。

戰前，波子的朋友們即便聚會，也不會這樣吐露祕密。

電車出了橫濱後，波子說。

「今早，妳爸爸不是不肯吃龍蝦嗎。我猜想或許因為那是剩菜……」

「才不是。」

「媽媽現在想起一件事。當初我們結婚不久。拿點心招待客人，事後，妳爸爸想拿起來吃，我忍不住嚴厲地說，別人吃剩的東西別吃了。妳爸爸當時表情很奇怪。不過，仔細想想，各自分裝在小碟子裡的點心，客人吃剩的，就會覺得有點髒，如果是裝在大盤端出來，就算有剩下的，感覺也不一樣，還真奇怪。我們的習慣和禮儀，多半如此。」

「是啊。不過，龍蝦不同。爸爸應該只是對媽媽撒嬌吧？」

波子在新橋車站和品子分開，換乘地下鐵去日本橋的舞蹈教室。

打從前年，品子加入大泉芭蕾舞團，開始往返那間研究所。

波子也教芭蕾舞，但是為了品子好，母親還是讓女兒離開身邊。

品子經常去日本橋的舞蹈教室，在北鎌倉的家裡，偶爾也會代替母親教舞。

不過，波子很少去女兒加入的那個研究所。大泉芭蕾舞團公演時，她也盡量不去後台露面。

波子的舞蹈教室，位於小樓房的地下室。

品子說，矢木想叫別人幫他剝龍蝦殼，是為了撒嬌，波子一邊思忖原來也有那種看法，一邊走下地下室。

透過門上的玻璃，可以看見助手日立友子正在拖地，波子不禁駐足。

友子連黑色大衣也沒脫，就忙著工作。大衣領子是古典的大翻領，非傘形的下襬也有點短。她比品子還矮，所以把品子的舊衣給她，波子以為下襬較短，應該不顯眼，但樣式還是過時了。

「辛苦了。妳來得真早。」

波子說著走進去，

「天氣冷，把暖爐打開嘛。」

「老師早。動一動就熱了。」

友子似乎這才察覺，把大衣脫掉。

她的毛衣是舊毛衣拆開重織的，裙子也是品子的舊裙子。

友子的舞蹈，無論姿態或動作，都比品子更優雅美麗，讓她當波子的舞蹈教室助手太可惜，所以波子勸她和品子一起加入大泉芭蕾舞團，品子也邀請過她，但是友子始終堅持只想待在波子身邊。不只是為了報恩，為波子服務，似乎是友子的幸福。

品子上舞台表演時，友子總是跟在旁邊，勤快地幫她化妝換衣服。

友子比品子大三歲，今年二十四。

她是單眼皮，不過有時太累了會變成雙眼皮。

在瓦斯暖爐前，接過波子脫下的大衣，今天的友子，又變成雙眼皮，波子猜想，她大概是哭著拖地板吧。

「友子，妳有什麼難過的心事吧。」

「是。晚點再告訴您。今天不行……」

「噢？那就等妳方便的時候……不過，最好盡快喔。」

友子點點頭，去那邊換上練習服。

波子也換上練習服。

兩人扶著把桿，開始plie（屈膝蹲），但是友子的表現異於平時。

一早下著冷雨，這是波子在自家上課的日子，上午她修改品子的舊衣服，打算給友子。

鎌倉、大船、逗子一代的少女，放學會來上舞蹈課。只有二十五人，不至於要分組，而且從小學生到高中生都有，年紀各不相同，來上課的時間也不一致，波子很難教，有時覺得簡直是白費力氣，不過學生人數似乎日漸增加，多少也貼補了一點家用。

不過，有舞蹈課的日子，晚餐也吃得晚。

「我回來了。」

品子走進練舞場，取下裹在頭上的白毛線頭巾。

「冷死了。東京從昨晚開始雨雪交加，聽說今早屋頂和庭石都是白的……我是和友子姊一起回來的。」

「噢……？」
「友子姊去了我們研究所。」
「老師，您好……今天也想見您……」
友子站在門口，對波子這麼說後，也對學生們說，
「大家好。」
少女們也回答「妳好」。大家都認識友子。
品子進來，也讓某些少女兩眼發亮。
「友子，妳先去泡個熱水澡，暖暖身子吧，和品子一起。我馬上也要下課了。」
說著，波子轉身面對少女們，友子走到她身後，
「老師，請讓我也一起練習。」
「是嗎？那好，友子妳來替我帶一下吧……我去安排一下妳的晚餐。」
品子走下天然岩盤鑿成的石階，低聲說，
「媽媽，友子姊好像有什麼心事喔。今天媽媽沒去東京，她好像寂寞得待

不住。」
「打從一週前左右，她就有心事。今天，想必就是來談那個的。」
「是什麼事……？」
「這得聽她說了才知道。」
「可以把我的另一件大衣送給友子姊嗎？」
「可以啊。妳給她吧。」
波子走下兩三級階梯後說。
「都怪媽媽沒能力照顧她。雖然友子家裡，就只有兩個人……」
「和她媽媽……？友子姊的媽媽，也在工作吧？」
「對。」
「何不把他們母女倆都接來我們家裡照顧？」
「事情沒有那麼簡單。」
「是這樣嗎……回我們家的電車上，友子姊有時會悲傷地看著我。雖然深深包裹著圍巾，但大概是因為編織的針孔粗大，我從毛線的縫隙都知道她在看我。可是，我假裝不知情，任由她看。」

「品子就是這種人……」

「她一直看我的手。」

「噢？那大概是因為，她那個人，總是認為品子的手好看？」

「才不是。她是用悲傷的眼神看我。」

「因為自己難過，才會盯著她認為美的東西看吧。不然待會妳去問問友子。」

「那種事，我哪問得出口……」

品子駐足。

兩人走下院子。雨變小了。

「我記得有一幅不知道叫做什麼的畫，總之是日本的美人畫，臉孔很大。畫得纖毫畢露，上睫毛特別長，長得幾乎要插進眼中，碰到黑眼珠……」

說到這裡，品子停頓，

「看著友子姊的眼睛，我就想起那幅畫。」

「是嗎？友子的睫毛，可沒有那麼濃密。」

「當她垂落眼簾時……上睫毛的陰影，會落在下眼皮。」

練舞的腳步聲響起，令波子抬頭望，

「品子，妳也去吧。」

「好。」

品子輕盈走上被雨淋濕的石階離去。

晚餐前，品子邀友子去泡澡，友子一脫下大衣，另一件大衣便從身後搭到友子的肩上。

「妳套上試試……」

友子依然穿著練習服。

「能穿的話，友子姊妳就留著穿。」

友子很驚訝，縮起肩膀。

「哎呀，那怎麼行。不可以。」

「為什麼……」

「我不能收。」

「我已經跟我媽說過了。」

品子迅速脫衣，走進浴室。

友子也隨後跟來，抓著浴缸的邊緣說，

「矢木老師已經泡過澡了？」

「我爸？應該泡過了吧。」

「妳媽呢……？」

「在廚房。」

「搶在老師前面泡澡多不好意思。我淋浴就好。」

「那種小事，不用介意……畢竟天氣冷。」

「我不怕冷……我已經習慣用冷水擦汗了。」

「跳完舞之後……」

說到這裡，品子或許是沉入水中太深，頭髮都濕了，她甩甩頭髮，用手擠

乾，

「我家的浴室，很小吧。燒毀的東京研究所，浴室很大，比這裡好多了。還可以在沖洗場跳舞，小時候，我不是經常和妳光著身子模仿跳舞的動作嗎？妳可記得？」

「記得。」

友子鸚鵡學舌似地說著，猛然縮起身子，像要慌忙躲藏，泡進熱水中。

接著，她用雙手蒙臉。

「等我將來建造自己的房子時，一定要再蓋個大浴室。要又大又寬敞……到時候，說不定，還是會在浴室跳舞喔。」

「打從那時起，我就膚色黑，很羨慕品子……」

「妳才不黑。應該說是有韻味的膚色吧……」

「哪有。」

友子很難為情，自然而然拉起品子的手打量。品子一臉疑惑，

「怎麼了？」

「沒什麼。」

友子說著，把品子的一隻手放在自己的左掌上，右手捏著品子的指尖眺望，接著，把品子的手翻過來，這次是打量手心。她溫柔地觸摸，立刻放手。

「這是珍寶。是有優雅靈魂的手。」

「少來了。」

品子把手藏進熱水中。

友子從水中伸出左手，小指靠近嘴唇邊緣，

「是這樣做沒錯吧？」

「啊？」

友子已經把自己的手沉入水中，說道。

「在電車上……」

「噢。這樣……？」

品子說著舉起右手，稍微遲疑後，把食指和中指的指尖，輕觸嘴唇的斜下方給她看，

「是這樣嗎……？中宮寺的觀音菩薩……？廣隆寺的觀音菩薩……」

「不對。不是右手，是左手。」

友子說，但是品子已經把無名指的指尖抵著大拇指的指腹，做出那尊觀音或彌勒佛的手勢。

而她的表情也不由自主被佛的思維誘導，不自覺垂首，靜靜閉上雙目。

友子為之啞然。

不過，下一瞬間，品子已睜開眼。

「不是右手？不是右手，那就奇怪了。」

說著，她注視友子，

「廣隆寺的另一尊觀音菩薩，和中宮寺的手指很像，是御用的銅鑄鍍金佛像，頭很大的如意輪觀音，手指筆直伸長，像這樣。」

說著，這次隨手把指尖抵在右顎下方。

「這是我模仿媽媽的舞蹈學會的。」

「哪有，那不是佛祖的姿態，是品子妳自己自然的手勢。將左手這樣放……」

友子像剛才那樣，把左手的小指抵在唇角附近。

「噢，這樣……」

品子也照著做，

「佛祖是右手，凡人是左手吧。」

說完，她笑著走出浴缸。

友子獨自留在熱水中，

「是啊。凡人思考時，多半會左手托腮吧……回來的電車上，品子妳這樣做時，手背雪白，手心也帶有櫻粉色光澤，襯托得嘴唇更好看。」

「少來了。」

「是真的。嘴唇像花苞一樣醒目。」

品子低頭洗腳。

「我好像一直都是這樣吧。就連這個姿勢，或許也是在不知不覺中，模仿媽媽的舞蹈。」

「品子，妳再做一次廣隆寺佛像的手勢……」

「這樣……？」

品子挺胸，閉上雙眼，大拇指和食指比出圓圈，靠近臉頰。

「品子，妳跳《佛手》吧。並且讓我跳拜佛的飛鳥[1]少女……」

「不行。」

品子搖頭，不再擺出佛像的姿態。

「那尊觀音菩薩，胸部平坦，沒有乳房喔。那是男的吧？——沒有拯救女人的宏願……」

「啊？」

「在浴室裡模仿什麼佛像的姿態，太不敬了。那種心態，不能跳《佛手》。」

1 飛鳥，奈良盆地東南部的地名。曾是古代都城，留有許多歷史古蹟。

「啊。」

友子彷彿大夢初醒，出了浴缸。

「我是在認真請求妳。」

「我也是在認真說喔。」

「或許是這樣，但我還是希望，品子為我，跳那支舞。」

「好。等我也稍微有一點佛心之後。如果想跳日本的古典舞，總有一天會……」

「不能等到有一天……明天說不定就死了。」

「誰明天會死？」

「人皆有死……」

「是啊。沒辦法。如果明天就死了，今晚在浴室中稍微模仿過的姿態，就當作是我已跳過《佛手》吧。」

「我想也是。如果那不只是模仿，而是認真想跳舞的話，會更好喔。哪怕明天就死……」

「明天不會死啦。」

「我說會死，只是一種比喻。明天也是比喻……」

「天有不測風雲……」

說到一半，品子噤口，看著友子。

眼前，是活生生的友子，赤裸的肉體。和品子比起來，友子雖說比較黑，但在品子看來，友子的膚色，某些部位有微妙的變化和深淺，比方說，脖子是小麥色，胸脯的隆起，隨著從底部到尖端逐漸變白，到了心窩，又隱約有點暗色。

「沒有拯救女人的宏願？品子，妳是說真的？」

友子呢喃。

「誰知道？但也不是開玩笑喔。」

「我們倆，一起跳《佛手》吧。讓我也跳……妳媽媽跳的《佛手》是solo（獨舞），不過就算多出一個拜佛的飛鳥少女，我認為也未嘗不可。只要在作曲部分，請人添寫一段……」

「如果有拜神舞的段落，佛舞跳起來應該會更輕鬆。因為可以摸魚……」

「那不叫做摸魚……我雖然沒把握自己跳膜拜品子的舞步，究竟會把品子的佛舞毀掉，還是襯托得更出色，但總之，我倆就拚命試著編出拜神少女之舞吧。還可以請教妳媽媽……」

品子有點被友子嚇到，

「就算只是跳舞，拜我也太難為情了，我做不到……」

「我想跳膜拜品子的舞蹈。就當作是青春友情的最後紀念……」

「最後紀念……？」

「對。紀念我逝去的青春……就連現在，當妳閉上雙眼，品子妳的眼簾，彷彿就是佛祖的眼簾。那樣就行了。」

友子迅速改口，但是品子察覺，友子在不久的將來，就會離開母親和自己。

晚餐後，友子也去廚房幫忙收拾時，波子來了，

「妳爸爸聽到新聞廣播，好像非常憂鬱，等這裡收拾完了，妳們就去品子的別屋乖乖待著。妳爸爸那個戰爭恐懼症又發作了……」

她小聲說。

「他說，他只能活到下次戰爭為止。」

品子兩人連忙安靜，但是收音機的七點新聞已經結束了。

「他說妳們在廚房這邊，吵吵鬧鬧的，瞎高興什麼，心情很不好呢。」

品子和友子面面相覷，

「戰爭又不是我們發動的……」

超過二十萬的中國共軍越過國境，進入朝鮮，聯合國部隊開始集體撤退，十一月二十八日，麥克阿瑟司令發表聲明：「我們現在，正面臨全新的戰爭。」「本以為韓戰會迅速結束的願望，終究落空了。」就在那四、五天前，聯合國部隊逼近國境，本來打算發動最後的總攻擊。如今形勢立刻逆轉。美國總統於十一月三十日在記者會上說，「政府為了處理朝鮮的新危機，如有必要，正考慮對中共軍隊使用原子彈。」英國首相表示，將前往美國，和總統會談。

波子晚了二十分鐘左右，來到品子的別屋。

「雨停了，可是外面好像很冷。友子，妳會留下過夜吧。」

「對。」

品子代為回答，

「就是要過夜，才會跟我一起回來喔。」

「是嗎？」

波子也靠著火盆坐下，看著放在那裡的大衣。

「品子，那件，妳決定給友子了？」

「對。不過，她堅持不肯收。友子姊說，戰後我做了三件大衣，其中兩件都給她的話，她會不好意思。這樣計算也正常啦……」

「不是計算。」

友子打斷她，

「今後還會下雪，如果沒有替換的，會很不方便吧。品子去後台休息室，也不能穿著髒兮兮的大衣……」

「沒關係。其實，今早，我也開始動手，修改品子的舊衣服……」

波子喘口氣，繼續說道。

「不過，舊大衣和舊衣服，可能也無濟於事吧。我是說，對於友子的傷心事……今晚，妳就說出來吧。」

「好。」

「如果有我能幫忙的，我什麼都願意做。無論什麼事，到目前為止，都是友子替我做，不是我替友子做，但有妳陪伴，替我做事的這段日子，即使在我的一生中，也是寶貴的時光，我是真的這麼想喔。這段時光很短暫，不可能持續到永久，所以我覺得，必須好好珍惜妳。友子如果結婚了，這段時光就得結束了。」

「不過，友子的煩惱，並不是結婚吧。」

友子點頭。

「從小，我就太習慣別人的好意和照顧，我自己也很清楚，太依賴友子的盡心奉獻，所以妳還是早點結婚，離開我比較好……有時也不免這麼想喔。」

波子說著，望著友子，

「妳的婚姻、成就、生活，說不定，全都會因我而犧牲。畢竟，妳一直心無旁騖，專心為我奉獻。」

「怎麼會是犧牲……這樣依賴老師，是我的生存意義。我一直承蒙老師和品子照顧，如果能稍微為老師奉獻，我會覺得很幸福。對於我這種毫無信仰的人而言，唯有奉獻，才是我的幸福……」

「噢？對於毫無信仰的人而言……？」

波子重述友子說的話，自己也試著思考，

「照這麼說來……」

品子嘀咕。

「戰爭結束那年，算虛歲的話，我十六歲，友子姊十九歲對吧……」

「友子雖然自稱是沒有信仰的人，但是友子對我，始終是全心奉獻……」

雖然波子這樣說，友子卻搖頭，
「我有事瞞著老師。」
「瞞著我……？什麼事？是妳生活困窘……？」
友子再次搖頭。
即使波子反問，友子也不肯回答。
「如果不方便對我說，那妳待會告訴品子好了。」
波子留下這句話，不久就回主屋去了。
兩人並排躺著，關掉枕畔的燈後，友子告訴品子，她想離開波子身邊，出去工作。
「我就猜到會是這樣。媽媽也說無法好好照顧友子姊，非常愧疚。」
品子在枕上轉頭面對她。
「可是，如果是為了那個……」
「不，我們倒是無所謂。不是我和我媽。」
友子吞吞吐吐，

「是為了小孩的病沒辦法。孩子的性命寶貴，難以取代。」

「孩子……？」

友子應該沒有孩子。

「妳說的孩子，是哪家的孩子……？」

友子吐露，是她心上人的孩子。那人有兩個孩子，都有肺病，住進醫院。

「他太太呢……？」

「太太身體也很虛弱。」

「他是有婦之夫……？」

品子頓時尖銳地說，然後聲音一沉。

「連孩子也有……？」

「對。」

「友子姊為了他的孩子，要出去工作？」

品子朝著沒有回答的黑暗呼喚。

「友子姊。」

「那也是友子姊所謂的奉獻？我不懂。我無法理解那個人的心態。自己的小孩生病了，卻讓妳出去工作……？」

品子語帶顫抖，

「友子姊那麼喜歡那種人？」

「不是他叫我去工作。是我自己想那樣做。」

「還不是一樣。他太過分了。」

「不是的，品子……孩子生病，是在我喜歡上他之後，才降臨在他身上的災難，或者說是命運？他身上發生的問題，也就等於是我身上的問題。」

「可是……那個人的太太和小孩，都讓友子姊出錢養活，那樣真的好嗎？」

「他太太和孩子，對我一無所知。」

品子似乎喉嚨突然卡住了，

「噢？」

她放低音量，

「孩子幾歲了？」

「老大是女孩，大概十二、三歲。」

從孩子的年紀，品子推算做父親的年紀。友子的心上人，應該有四十歲了吧。

品子睜開眼，沉默不語，黑暗中，響起友子的枕頭挪動的聲音，

「我如果能生孩子，早就生了。若是我生的孩子，應該會很健康……」

在品子聽來，這種話簡直白癡。感覺友子不貞潔。品子很反感。

「我在自言自語。對不起。」

友子察覺品子的情緒變化。

「在品子面前，真丟臉。不過，如果不這樣坦白說，就成了騙人了。」

「從一開始就騙人。友子姊說要替對方的孩子奉獻，是騙人的吧？剛才的話聽起來也是……妳騙人。」

「我沒騙人。雖然不是我的孩子，卻是那個人的孩子。況且，那可是人命。那個人重視的，也就是我所重視的，那個人的苦惱，也就是我的苦惱——

就算這不是真正崇高的真理，至少是我一個人仰賴的真理。品子用來譴責我的道德，以及我哀憐自己的理性，並不能讓那人的孩子病情好轉吧？」

「可是，即使病好了，事後，如果知道是友子姊出的錢，他太太和小孩，又會作何感想？難道他們會向妳道謝……？」

「結核菌可不會等我把那些事想清楚再說。將來，那兩個孩子，就算恨我也沒關係，至少那時能夠憎恨，也是因為人還活著。現在，那人為了孩子的病正在拚命想辦法，我也只是想拚命幫他而已。」

「那個人也拚命工作不就好了？」

「老老實實領死薪水的人，怎麼可能一下子籌出鉅款？」

「那友子姊妳又要怎麼籌錢？」

友子難以啟齒地吐露，她要去淺草的劇場工作。

從她的語氣，品子察覺，八成是去跳脫衣舞。

愛上有婦之夫，為了對方小孩的醫藥費，友子要去跳脫衣舞。對品子來說，簡直太震驚了。

對於是非善惡的判斷，彷彿也在噩夢中，令品子很迷惘，這，難道也是女人對愛的奉獻？或是犧牲？友子似乎已經決定，要去淺草的劇場展示裸體了。

從小，兩人互相激勵，即使在那場戰爭中，也偷偷繼續練習跳古典芭蕾，可是現在，友子的舞技，竟在這方面派上用場。

品子知道，無論是憤怒阻止，或是哭著哀求，死心眼的友子都只會揮除一切，堅持走她認定的那條路。

「現代人雖然整天把自由掛在嘴上，但我也有把自由奉獻給我敬愛之人的自由，那樣做，對我來說就是自由。我應該也有信仰的自由吧。」

有一次，品子曾聽友子這樣說過。當時品子以為，她所謂的敬愛之人，是母親波子，原來那時，友子就已經愛上有婦之夫了嗎？

今晚在浴室，友子之所以在品子面前前所未有的羞赧，也是因為即將去跳脫衣舞嗎？

友子的裸體，浮現品子的腦海。那具身體是否也孕育過孩子？

隔天早上，友子醒來時，品子已不在床上。

友子以為自己睡過頭，慌忙打開遮雨板。

友子睡覺的地方，在遍植松樹和杉樹的群山之間。竹林外，西邊的小山丘零落的松樹之間，隱約可見富士山。來自東京火場災區的友子，深吸一口氣，卻幾乎暈眩，她抓著玻璃門蹲下。

看似垂枝櫻的枝椏，垂落眼前，下方，小棵山茶正開花。是深紅色斑紋的茶花。

波子從主屋穿著木屐過來後，站在院子說，

「早。」

「老師早。太安靜了，結果睡過頭了。」

「是嗎？妳沒睡好吧。」

「品子呢……？」

「早上天還沒亮，就鑽進我的被窩，把我吵醒了。」

友子仰望波子。

竹子的葉影，落在波子的臉龐至胸部之間。

「友子，這個……放進妳的手提包吧……妳拿去賣掉沒關係。」

波子說著握在手裡伸出，友子不肯接，

「是什麼？」

「戒指。被人看到就不好了，妳快收起來。今早我聽品子說了很多。這間別屋，我也打算賣掉。請妳再稍等一下。」

握著戒指盒，友子淚盈雙睫，當場伏身跪倒。

冬湖

《天鵝湖》的音樂傳來。

是這齣芭蕾舞劇的第二幕，天鵝之舞。

緊接在天鵝公主和王子齊格弗里德的慢曲之後，是四隻天鵝的舞蹈，然後，是兩隻天鵝的舞蹈……

趴在簷廊邊的友子，霍然直起上半身。

「那是品子……？是品子沒錯。」

彷彿被音樂感染，又有淚水滑落友子的臉頰。

「老師，品子一個人在跳舞。都是因為我昨晚對她說了不愉快的話題，她才會跳舞發洩。」

「她在跳四隻天鵝嗎？Pas de Quatre（四人舞）……」

波子也說，仰望岩石上方的練舞場。

後山的松林彼方，有一抹白雲，從邊緣到中央透出晨光。

友子的腦海，浮現浪漫舞蹈的舞台。

山中湖的月夜，一群天鵝游到岸邊，變身為美麗的女孩翩翩起舞。這些被惡魔羅特巴特用魔法變成天鵝的女孩，唯有晚上，在這湖畔，可以暫時恢復人類的模樣。

天鵝公主和王子的愛的誓言，就是在這第二幕。從未戀愛過的年輕人，一旦陷入情網，那股愛的力量，據說可以解除魔咒。

友子等待《天鵝湖》的曲子繼續，可是只有第二幕的天鵝舞，之後練舞場悄然無聲。

「已經結束了……」

友子彷彿要追逐幻影，

「真希望她再多跳一會。老師，在這裡聽著音樂，我彷彿能看見品子的舞蹈。」

「想必是吧。因為妳對品子什麼都了解……」

「是。」

友子點頭，

「不過……」

她正想說話，忽然響起醒目的熱鬧嘉年華音樂。

「唉呀，是《彼得洛希卡》……？」

在彼得堡的小鎮廣場，劇場前，參加嘉年華會的人們，紛紛起舞。

這是由史托考夫斯基指揮，費城交響樂團演奏，維克多公司錄製的唱片。

友子的眼中泛淚，同時也閃耀生動的光彩。

「啊，好想跳舞。老師，我去和品子一起跳。」

友子站起來。

「這是和芭蕾舞的訣別……彼得洛希卡的嘉年華正適合。」

波子回到主屋，和矢木單獨吃早餐。

高男一早就去學校了。

練舞場反覆傳來《彼得洛希卡》的第四場音樂。

「今早的嘉年華會特別熱鬧啊。」

矢木說。

「真是偉大的噪音。」

《彼得洛希卡》是一幕四場的芭蕾舞劇，第一場和第四場，同樣在舉行嘉年華會的小鎮廣場。第四場已近傍晚，擁擠人潮的騷動，越發喧嚷。組曲的唱片也是，把第四場的喧鬧嘉年華會灌錄了三面，手風琴、銅管、木管樂器爭相嘈雜，互相糾纏，逐漸升高，描繪出雜沓的狂熱，接著，也有保母的舞蹈，牽熊農民的舞蹈，吉普賽人的舞蹈，車夫和馬夫的舞蹈，化妝遊行等等的舞蹈。所謂「偉大的噪音」，正是某人聽了這首曲子後的感想。

「品子她們，不知跳的是哪個角色。」

波子也說，但是嘉年華會的人們，似乎都是即興起舞，舞蹈也華麗熱鬧，目不暇給。

之後，開始飄落雪花，街頭亮起燈光，活潑狂野的歡樂到達最高點時，小丑人偶彼得洛希卡求愛，被舞姬人偶拒絕，最後在嘉年華會的人潮中央，遭到情敵摩爾人偶殺死。他的鬼魂隨即出現在劇場的簷下，這齣悲劇就此落幕。

然而，品子兩人的嘉年華音樂，再次重複，傳至客廳。

「早餐前就這麼快活，品子她們大概想都沒想過尼金斯基[1]的悲劇吧。」

矢木呢喃，臉朝著練舞場的方向。

波子也看著同一個方向，

「尼金斯基……？」

「對。尼金斯基發瘋，不就是戰爭的犧牲品嗎？當他剛開始精神失常時，據說也像囈語般，脫口說過『俄羅斯』或『戰爭』這些字眼。尼金斯基是和平主義者，也是托爾斯泰主義者。」

「今年春天，他終於在倫敦的醫院逝世了。」

1 尼金斯基（Vatslav Nijinsky, 1889-1950），波蘭裔俄羅斯芭蕾舞者和編舞家，不只是位絕世舞者，其前衛作品《春之祭禮》讓其名望達到顛峰，是讓西方舞蹈世界跨進二十世紀的重要推手。一九一七年後因精神疾病退出舞台，一九五〇年逝於倫敦療養院。

「他發瘋之後，從第一次世界大戰起，至第二次大戰結束後，度過三十年以上的漫長歲月。」

《彼得洛希卡》是尼金斯基的代表作，所以矢木才會想起來這麼說吧。

最近矢木以《平家物語》和《太平記》這些戰記類的古典文學為主，正在撰寫「日本戰爭文學中的和平思想」這個研究。

品子兩人跳的《彼得洛希卡》，使得他今天上午還沒執筆，腦子已被擾亂。

音樂停止後，品子和友子也沒有來主屋，波子只好過去看，只見品子一個人在練舞場發呆。

「友子呢……？」

「走了。」

「連早飯也不吃……？」

「她叫我把這個還給媽媽……」

品子握著戒指的小盒子。

那個戒指盒，品子沒有遞出，波子也無意接下。

「我說我和媽媽都要出門，叫她等我們一起走，拚命挽留她。可是，友子姊一旦說要走，就誰也勸不住。」

品子說著站起來，走向窗口說，

「這人真令人吃驚。」

波子依然坐在椅子上，對著品子的背影看了一會，

「妳那樣站著，會冷喔。去換衣服，準備吃飯。」

「好。」

品子在練習服外披上大衣。

「友子姊說，不好意思和爸爸打照面。」

「或許吧。她看起來就是昨晚哭過，整晚沒睡的樣子……」

「我本來也睡不著，但是身體好像漸漸乏力，就像下沉似的，墜入夢鄉。」

品子從窗口轉過身。

「那個，不過，至少她是穿著大衣走的。媽媽改過的那件羊毛連身裙，她

也說要帶走……」
「是嗎？那就好。」
「友子姊還說，就算現在離開媽媽，出去工作，將來，一定會再回到媽媽身邊。」
「噢？」
「媽媽，友子姊的事，就那樣算了嗎？為什麼打算送給她……」
品子凝視波子，一邊走來。
「他們不分開不行吧。我要讓她分手。」
「媽媽要是早點察覺就好了。我老早就覺得她的樣子不對勁，但她對我還是和以前一樣好。或許可以說，友子很擅長隱瞞。」
「是因為她的對象不好，所以難以啟齒。那種人，我一定要讓她分手。」
品子斷然這樣再次重申後，
「不過，要瞞著媽媽，太容易了。」
「品子妳也有事瞞著媽媽？」

「媽媽，妳不知道吧？爸爸的……」
「爸爸的什麼？」
「爸爸的存款……」
「存款？妳爸爸的……？」
「為了不讓家人發現，爸爸把存摺放在銀行喔。」
本來一臉狐疑的波子，頓時臉色發白。
然而，下一瞬間，難以言喻的羞恥，令血液不斷升高，波子的臉頰僵硬。
那種羞恥，也感染了品子。品子也臉紅後，反而難以壓抑情緒，
「是高男先知道的。高男偷拿，所以我才會跟著發現。」
「偷拿什麼……？」
「高男偷偷把爸爸的存款領出來。」
波子放在膝上的手發抖。
根據品子的說法，即使是偏心爸爸的高男，對於爸爸讓媽媽賺錢維持家

計，不僅對媽媽的辛苦視若無睹，還偷偷存私房錢的行為，似乎也無法容忍，所以才偷領爸爸的存款。

他說爸爸事後看存摺，如果知道了，發現是自家人幹的，應該會視為無言的指責，或是警告。

「連存摺都寄放在銀行，卻被領出存款，爸爸不知會作何感想。」

品子說著，依然站著，

「我覺得爸爸也很過分。和友子姊的對象很像。」

「是高男，偷拿的？」

波子終於以顫抖的聲音如此喃喃低語。

波子感到無地自容的羞恥，連女兒都無顏面對。而且，還有某種冰冷的恐懼，令她一陣惡寒。

矢木除了設籍在某大學，也在其他兩三家學校兼課。新制大學如雨後春筍紛紛冒出。他也會去外縣市的學校短期授課。除了那些鐘點費，還有稿費和出書的版稅，多少也有一些進帳。

矢木沒讓波子知道自己的收入。波子也沒有硬要打聽。結婚當初就養成的習慣，波子難以主動改變。這固然有波子的原因，但另一方面也是矢木造成的。

波子當然也覺得丈夫卑鄙又奸詐，但她做夢也沒想到，丈夫會瞞著家人存私房錢。就算存私房錢先不追究，他居然連存摺都放在銀行。如果是養活全家的男人這麼做還能理解，可是矢木的情況完全不同。

波子也知道矢木必須繳納所得稅。可是，他好像不是從自宅繳納，而是把學校的宿舍之類當作納稅地。波子本以為那樣可能比較方便，也沒多留意，但她現在懷疑，那或許也是矢木為了隱瞞所得，刻意提防波子。

波子越想越毛骨悚然，

「我的東西，最好全都失去算了。什麼都不可惜。」

她說著，按著額頭站起來，從唱片架旁的書架，隨手抽出一本書。

「好了，走吧。」

「乾脆，不如像友子姊那樣更好。我們也失去一切，讓爸爸養活吧。然後，高男和我，也去工作賺錢。」

品子拉起母親的手臂，走下層層石階。

波子在開往東京的電車上，不想對品子提起友子，也不想提矢木的事，正想看書打發時間，才發現自己拿來的，是寫有尼金斯基生平事蹟的書。

是剛才從書架隨手抽出的，波子想，矢木說的那句「尼金斯基的悲劇」，果然還在腦海嗎？

「這次如果又打仗，就給我氰酸鉀，給高男深山的燒炭小屋，給品子十字軍東征時代的那種鐵製貞操帶。」

當品子兩人的《彼得洛希卡》音樂停止時，矢木這麼說，波子為了掩飾反感說，

「那我應該得到什麼？這樣豈不是漏了我？」

「啊，對，忘了一個人是吧。波子嘛，就從這三樣之中，自己選一個喜歡的吧。」

矢木說著，放下報紙，抬起頭。

面對丈夫那穩重溫和的神色，波子有點不知所措。波子只挑報紙的大標題瀏覽時，矢木還在繼續說，

「品子的貞操帶，由誰來保管鑰匙，也是一個問題呢。至於妳，會把那個鑰匙給我嗎？」

波子悄然起身，去練舞場了。

她覺得聽到一個噁心的笑話，但在得知矢木的存款祕密後，一旦試著回想，也有點毛骨悚然。

「今早，妳爸爸聽到《彼得洛希卡》，他說，品子八成想都沒想過尼金斯基的悲劇。」

波子試探著對品子這麼說，把《芭蕾讀本》交給她。那是來到日本的俄羅斯芭蕾女伶寫的書。品子雖然接下，卻說，

「我已經看過好幾遍了。」

「是啊。我也看過，卻還是不由自主把這本書帶出來。妳爸爸說，尼金斯

基或許是戰爭和革命的犧牲品……」

「可是，尼金斯基還在舞蹈學校時，不就有醫生說過，這個少年，總有一天必然會發瘋。」

然而，品子的聲音被電車越過鐵橋的聲浪蓋過，她遠眺六鄉的河岸。似乎因此想起了什麼，車子越過鐵橋後，過了一會她說，

「塔瑪拉．圖馬諾娃這位芭蕾舞者，也是可憐的革命之子吧。父親是帝俄時代的陸軍上校，母親是高加索少女，父親因革命受到重傷，母親也被射中下巴，被牛車護送去西伯利亞的途中，圖馬諾娃就出生了。就在牛車上……後來她流浪西伯利亞，被國家放逐，流亡上海時，看到來表演的安娜．巴甫洛娃的舞蹈，小圖馬諾娃據說就此決心成為舞蹈家……圖馬諾娃後來登上巴黎歌劇院，表演《珍妮的扇子》，被譽為天才少女時，據說年僅十一歲。」

「十一歲……？巴甫洛娃來日本跳《天鵝之死》，是在大正十一年（一九二二）。」

「那時我還沒出生吧。」

「對……我還沒結婚，仍是女學生。正好是巴甫洛娃逝世的十年前。我記得她是五十歲過世的，所以巴甫洛娃來日本時，正好是媽媽現在這個年紀喔。」

在送往西伯利亞的牛車上出生的圖馬諾娃，日後從上海前往巴黎，曾在上海看過巴甫洛娃舞蹈的她，到了巴黎後，這次，幸運地得以讓巴甫洛娃認可自己的舞蹈。看到年幼的圖馬諾娃的練習，世界第一流的芭蕾女伶很感動。年幼的舞者，和她崇拜的巴甫洛娃，一起在特羅卡德羅的舞台上演出。

之後，她進入蒙地卡羅俄國芭蕾舞團，此外，在喬治．巴蘭欽等人的「芭蕾．一九三三」舞團成為首席舞者，當時圖馬諾娃年僅十四歲。

面帶憂鬱的嬌小少女，據說在她的舞蹈中，隱約可見寂寞的影子。

「如今，她大概在美國跳舞吧。應該已經三十歲了。」

品子說著，似乎想起什麼，

「圖馬諾娃的故事，我經常聽香山老師說起。因為被香山老師帶著去慰勞軍隊和工廠、傷兵，四處跳舞時，我當時也是十四歲或十六歲……和圖馬諾娃在蒙地卡羅俄國芭蕾舞團和『芭蕾・一九三三』以天才少女之姿跳舞，差不多是同樣的年紀。」

「是啊。」

波子點頭同意，不過品子難得提到香山這個名字，她連忙豎起耳朵。

不過，波子立刻轉移了話題。

「即使在英國，芭蕾舞團也會四處表演，慰勞前線和工廠、農村，讓一般大眾認識芭蕾舞的魅力，不是有人說，這也是戰後芭蕾舞盛行的原因之一？在日本，芭蕾舞逐漸流行，或許也有那個原因……？」

「很難說。被戰爭壓抑的東西終於解放，其中，我認為女性的解放，的確是以芭蕾舞的形式展現。」

品子如此回答，

「不過，我很懷念和香山老師四處慰問旅行的時代。當時就算去東京，在六鄉川上，我也經常想，不知還能不能活著回到這座鐵橋。去特攻隊勞軍時，我甚至邊跳舞邊想，現在就死在這裡也可以。被卡車運送還算是好的，也搭過牛車喔。就是在牛車上，香山老師告訴我圖馬諾娃在牛車誕生的故事。我當時哭了。空襲造成城鎮起火，而且每當飛機接近，我們就得跳下牛車，或是躲在樹後，連香山老師也說，這樣很像革命流亡的俄國人，可是我覺得，比起現在，當時或許更幸福。因為沒有迷惘，也沒有懷疑……一心只想慰問為國出征的人，是賭上性命在跳舞。友子姊有時也會同行。當時我十五、六歲，旅途中隨時可能會死，我卻一點也不害怕，大概是因為有信仰支撐吧……」

在那趟旅行中，保護品子的香山雙臂，至今，品子仍感到搭在自己的肩上。

「別再談戰爭了。」

波子本來以為說得很輕，聲音卻變得嚴厲。

「是。」

品子環視四周。她怕是否被誰聽見了。

「那個，六鄉的河岸也變了不少呢。以前不是有高爾夫球場嗎？戰時，那裡被用做軍事訓練，後來，漸漸有人耕種，現在整片河岸都變成麥田和稻田了。」

品子一邊說著，美麗的雙眸，似乎依舊浮現與香山在戰火中的種種旅行回憶。

「戰時，無暇去想多餘的事。」

「當時品子妳年紀還小，而且大家思考的自由也被剝奪了。」

「比起現在，戰時家裡反而更和睦，媽媽不這麼覺得嗎？」

「是嗎……？」

波子情急之下回答，有點語塞。

「一家人緊緊相依，不像現在四分五裂。雖然當時國家瀕臨滅亡，但至少家庭不像要破碎。」

「是媽媽的錯……？」

波子忍不住脫口而出，

「可是，或許品子妳說的是真的，但在那真實之中，可能也有天大的謊言，以及錯誤吧。」

「對，有喔。」

「而且，過去的回憶，已經無法用現在的眼光正確判斷了。一旦事過境遷，大部分的事，都會變得令人懷念。」

「是啊。」

品子坦率地同意。

「不過，現在媽媽的痛苦，要等它過去，變成值得懷念的回憶，還得經歷千山萬水呢。」

「千山萬水……」

波子對品子的說法露出微笑。

「將要經歷千山萬水的，應該是品子吧。」

品子沉默不語。

「如果沒有戰爭，這時候，品子妳應該是在英國或法國的芭蕾學校跳舞吧……」

波子上次在皇居的護城河邊，曾對竹原說，「說不定我也能跟著去」，可是現在，她沒有對品子這麼說。

「我的學習進度，在戰時大幅落後。就算有媽媽教我，說不定也要等到我的小孩那一代，才能有成果了。在日本，不是說要培養出一個出色的芭蕾舞者需要經歷三代？」

「沒那回事。品子妳就很好。」

波子說著，用力搖頭，但品子垂落眼簾說，

「不過，我不會生小孩。在世界和平之前，絕對不會生。我是這麼打算的。」

「什麼？」

波子似乎非常意外，看著品子。

「不要動不動就說什麼『絕對』或『一定』這種話。品子啊……那是戰時用語吧。」

波子告誡，同時，也有點戲謔地說，

「害媽媽嚇了一跳。」

「哎喲。我只說一次。沒有動不動就說啦。」

「品子在電車上，突然宣稱在世界和平之前不生小孩，媽媽聽了，當然會不知所措。」

「那麼，我重說一次。我會獨自跳舞，等待世界和平來臨。媽媽，這樣總可以了吧？」

「被妳說得好像什麼舞蹈宗教似的。」

波子岔開了話題。但品子說的話，依然縈繞心中，始終摸不透真意。

品子或許是害怕，日本也將有在牛車上生產的一天？抑或，是對香山餘情未了，等待和平，難道是指等待香山的什麼？

從品子的說話態度，波子也能明顯看出，香山成了品子的愛的回憶。那段回憶，並沒有變成逝去的回憶，至今依然鮮活。波子自己，因著竹原的回憶，也有同樣的經驗。波子如今體認到，少女的愛的回憶，有多麼根深柢固。品子的愛的回憶，似乎被回憶特有的靜謐籠罩，或許是因為品子尚未和其他男人結合。說不定等品子結婚之後，反而會惆悵地覺醒對香山的回憶。也許，要到二十年後……波子和自身經驗比較，不免也這麼想。

昨晚友子的坦白，或許也觸動了品子，所以從今早起，品子才會對母親說出種種事情。

要培養一個出色的芭蕾舞者，在日本，可能要三代的時間，聽到品子這麼說，波子霎時有點驚恐。

戰時家庭更和睦的說法，的確沒錯，貧乏的食物，岌岌可危的生命，一家人在恐懼中，緊密地抱成一團。波子對丈夫日漸懷疑，越發失望，也是戰敗後的事，而父母之間的這種隔閡，也影響了品子和高男。波子對此很痛心。品子說當時就算國家快滅亡，至少家庭看似穩固的說詞，並非謊言。

波子沉默片刻，期間，品子也不知想到了什麼，

「朝鮮的崔承喜，現在不知怎樣了。」

「崔承喜……？」

「那個人，也是革命之子吧。韓戰爆發前，據說她就去了北韓，所以或許該說是革命之母。我第一次看崔承喜的舞蹈發表會，應該和圖馬諾娃在上海看巴甫洛娃跳舞是同樣的年紀吧。」

「對，那應該是昭和九年或十年吧。媽媽很驚訝。在沉默的舞蹈中，可以感受到朝鮮民族的反抗與憤怒。彷彿在怒吼，彷彿在掙扎，是非常狂野、激烈的舞蹈。」

「品子之所以印象深刻，是在崔承喜變得風光之後吧？那個人，轉眼之間就走紅了……在歌舞伎座和東京劇場的發表會也是，從沒見過那麼張揚的人物。」

「她也從美國去歐洲跳過舞吧？」

「對。」

波子點頭，

「起初，據說崔承喜本想成為聲樂家。崔承喜的哥哥，被前往首爾公演的石井漠先生的舞蹈感動，因此讓妹妹拜其為師。崔承喜被石井先生帶來了日本，那時她剛從女校畢業，據說才十六歲……」

「那正是我被香山老師帶著四處跳舞的年紀呢。」

品子再次說。

波子繼續說，

「她是石井漠先生的徒弟，或許看起來傳承了老師的舞蹈，但是崔承喜的第一次發表會，我認為舞蹈中的確有被壓迫民族的反抗，不禁大吃一驚。隨著日漸走紅，崔承喜的舞蹈，也變得華麗明朗，晦暗的悲傷和憤怒碰壁，失去了掙扎的力量……一方面可能也是因為朝鮮的舞蹈被觀眾接受，石井派的舞蹈很少再出現吧。不過，去西洋時，她自稱是朝鮮的舞姬。在日本，也說她是半島的舞姬喔。」

「她跳過劍舞，僧舞，還有傳統舞蹈《欸嘿呀．喏阿啦》，這個我也記得。」

「她使用手臂和肩膀的方式很有趣吧。按照崔承喜的說法，朝鮮是個缺乏舞蹈的國家，舞蹈被視為下流……從那瀕臨滅絕的傳統，她卻創造出如此新穎的舞蹈。想必不只是靠新奇取悅觀眾。崔承喜一定是深深感受到所謂的民族問題……」

「民族……？」

「說到民族，我們跳的是日本舞蹈，不過品子妳暫時還不用考慮那麼多……日本舞蹈的傳統過於豐富、強大，正因如此，很難有新嘗試，也容易倒退。不過，我認為日本是世界的舞蹈大國。無關芭蕾舞，單就日本自古以來的舞蹈看來……日本人的確很有舞蹈天分。」

「不過，芭蕾舞與日本的舞蹈正好相反。和日本的心與身的傳統，簡直是背道而馳。日本舞蹈的動作，是向中央集中，內斂的，可是西方的舞蹈，是從中央散離，外放的，所以心態想必也不同。」

「不過，品子從小就受過芭蕾訓練，就算在西方，一米六的身高，四十五公斤左右的體重，以芭蕾舞者來說是理想的身材，所以品子算是很好了。」

品子本該在新橋和波子分開，前往大泉芭蕾舞團的研究所，但她繼續坐到東京車站，和母親一起來到舞蹈教室。

「友子姊應該不會來吧。」

「會來的。以她的個性，一定會來。就算要離開我這裡，她也一定會正式道別……」

「會嗎……？昨天她不就來道別過了？昨晚她沒睡，而且講過那種話後，應該也不好意思再見媽媽吧。」

「她不是那種不告而別的人。」

波子如此堅信。

如果今天友子真的沒露面，品子覺得母親會很落寞，所以才跟來的。

走下舞蹈教室所在的地下室，《彼得洛希卡》的音樂傳來。

「是友子姊。」

「妳看吧。」

友子穿著練習服，但是沒有跳舞。她倚靠把桿，正在聽唱片。

舞蹈教室已經打掃得乾乾淨淨。
「老師早。」
友子羞澀地關掉唱片，驀然看著牆上的鏡子。
「彼得洛希卡……？」
品子說著，又播放那張唱片的同一面。是第一場，嘉年華會的熱鬧。
波子在鏡中和友子相對，
「友子，妳還沒吃早飯吧。後來也沒回家，就直接來這裡了吧？」
「是。」
友子很疲憊，變成雙眼皮，但是兩眼發亮。
「既然友子姊來了，那我要去研究所了。」
品子對母親說，走到友子身旁，把手放到她肩上。
「我和媽媽說，不知道妳會不會來，所以順路過來看看。」
嘉年華會音樂的高潮，和友子體溫的熱意，令品子心頭湧現某種東西。友子似乎直到剛才還在跳舞，身體熱呼呼的。

「另外，我們在電車上，也談到了民族性。」

《彼得洛希卡》也有俄羅斯民族的節奏和音色。

史特拉汶斯基替謝爾蓋．狄亞吉列夫的俄羅斯芭蕾舞團作曲的這齣舞劇，在初次公演時，由米哈伊爾．福金編導，劇中可憐的小丑人偶，由尼金斯基飾演，所以今早，矢木聽到《彼得洛希卡》，才會說是「尼金斯基的悲劇」。

《彼得洛希卡》的初次公演，是一九一一年，明治四十四年，當時尼金斯基才二十歲左右。他在羅馬跳舞，又在巴黎演出，掀起狂瀾似的人氣。

尼金斯基在《彼得洛希卡》初次公演的一九一一年離開俄國後，直到一九五〇年死去為止，終生沒有回到故國。

一九一四年，大正三年，尼金斯基思念祖國，在巴黎整理好行裝，買了火車票，據說正是八月一日，世界大戰爆發的那一天。

他從戰事爆發陷入大亂的巴黎出發，途中在奧地利被當作敵國分子，遭到逮捕。因此精神受創，變得不時會囈語「俄羅斯」或「戰爭」之類的字眼。

好不容易獲釋後，他前往美國，在首場公演《玫瑰花魂》的舞台上，尼金斯基一現身，全體觀眾起立相迎，人們拋擲的玫瑰花，幾乎淹沒舞台。

然而，即使在美國大受歡迎，尼金斯基仍然鬱鬱寡歡，和詛咒戰爭、歌頌和平的和平主義者及托爾斯泰主義者時有來往。

之後，俄國也爆發革命。就在一九一七年的年底，尼金斯基終於徹底變成白癡，從舞蹈界消失。那年他才二十八歲。

發瘋的尼金斯基，在瑞士療養的某一天，聲稱要表演即興舞蹈，將人們聚集到小劇場，用黑色和白色的布，在舞台地板上做成十字架，自己站在那頂端，擺出耶穌基督受難的模樣。之後，據說他表示，

「這次，各位將目睹戰爭。目睹戰爭的不幸，破壞，以及死亡……」

一九〇九年，狄亞吉列夫的俄羅斯芭蕾舞團初次在巴黎公演時，尼金斯基身為男性當家舞者，頓時被全世界譽為天才，之後也在半瘋狂中繼續跳舞。他的藝術生涯很短暫。

說到一九二七年，正是日本昭和二年，品子出生的兩三年前，狄亞吉列夫

的俄羅斯芭蕾舞團在巴黎上演《彼得洛希卡》時，也曾帶如今已徹底發瘋的尼金斯基去那個舞台。十五、六年前初次表演時，尼金斯基就跳過彼得洛希卡，所以人們期盼此舉或許會喚回他失去的記憶，促使他恢復正常。

所有的角色也齊聚舞台，初演時扮演對手的芭蕾女伶塔瑪拉·卡薩維娜，裝扮成和昔日一樣的舞姬人偶，走近尼金斯基，親吻他。尼金斯基很羞澀，凝視卡薩維娜。卡薩維娜用從前的暱稱喊尼金斯基。然而，尼金斯基卻置之不理。

尼金斯基被卡薩維娜挽著手，一臉魂不守舍地拍下照片。

當時的戲劇化照片，品子也見過。

狄亞吉列夫隨後把可憐的尼金斯基帶去劇院樓上的包廂。當飾演彼得洛希卡的謝爾蓋·里法現身舞台後，尼金斯基問那是誰，然後喃喃自語，

「那傢伙能跳嗎？」

跳彼得洛希卡的里法，被大家稱為「尼金斯基再世」，是尼金斯基退出舞

台後的首席男舞者。尼金斯基看到那個里法後，之所以呢喃「能跳嗎」，是因為昔日尼金斯基出色的跳躍曾經震驚全球，因此這又引發了話題。

不過，發瘋的天才說的話，無論聽來可憐也罷，有道理也罷，恐怕只會越聽越難以理解。想必，尼金斯基連自己年輕時飾演過的角色正在舞台上演出都不知道。昔日夥伴的友情，或許只是在玩弄尼金斯基這具行屍走肉。

尼金斯基光輝的生命，在經歷種種悲傷和苦惱之後，如今猶如冰封的冬湖。縱使破冰直探湖底，或許也已空無一物。

「聽說，今早，我爸爸還對我媽媽說，我這種人，八成想都沒想過尼金斯基的悲劇……」

品子對友子這麼說。

友子沉默，於是波子回答，

「矢木是覺得戰爭和革命很可怕，才想起尼金斯基。」

「可是，尼金斯基在戰爭期間，也曾去世界各國跳舞吧。就算發瘋之後，依然是世界級的人物。他四處轉換療養的場所，去過瑞士、法國、英國。不像爸爸和我們，不管發生什麼事，變成怎樣，都被趕到日本的單薄紙簾內，恐怕無法相提並論。」

友子說。

「因為我們，不是世界級天才……就算要發瘋，也做不到。」

「可是，友子姊昨晚的話，有點奇怪喔。聽了之後，我的腦子好像也快不正常了。」

「品子，友子的事，媽媽會和她商量……」

「是嗎……？友子姊要是肯聽媽媽的話就好了……」

品子不看友子，逕自收拾唱片。

「哎呀。我來收。」

友子說著慌忙過來，品子碰她的肩膀，

「拜託，請妳留在媽媽身邊。明年春天，媽媽要辦學生發表會，到時候，我們倆一起跳《佛手》吧。」

「春天？幾月？」

「幾月舉辦還沒想好，不過應該會盡快。對吧，媽媽。」

波子點頭。

「時間晚了，品子，妳該走了。」

出了地下室，一路低頭走路的品子，來到東京車站附近後，她駐足片刻，仰望鋼筋水泥的工地。

愛的力量

進入十二月後，天氣一直很晴朗。

舞蹈家們的秋季發表會也大致結束，只有吾妻德穗、藤間萬三哉夫婦的《長崎踏繪》，江口隆哉、宮操子夫婦的《普羅米修斯之火》等，留到了這個月。

吾妻德穗和宮操子，年紀都和波子相近。

波子從年輕時，早在十五年或者二十年前，就一直看這些人跳舞。吾妻德穗跳日本舞，宮操子跳nouveau dance（新舞蹈），和波子等人的古典芭蕾風格雖然不同，但在漫長歲月中，夫妻持續不斷地跳舞，令波子心有戚戚焉。

因為波子也和這些人一樣，經歷了日本舞蹈的時代變遷。

江口、宮夫婦留學德國前的告別舞蹈會，以及回國後的第一次發表會，波子都看了。新鮮的印象，至今留在腦海。那應該是昭和十年前的事了。

當時人們說「舞蹈時代來臨」，百花齊放的舞蹈家動輒舉辦發表會，舞蹈會的觀眾，甚至比音樂會還多。

也是在那段時期，西班牙舞蹈的阿根廷娜、泰蕾西娜、法國的沙卡洛夫夫婦、德國的克羅伊茲伯格、美國的露絲・貝琪等人相繼來日本跳舞。

同樣在那個時期，波子聽到傳言，據說從狄亞吉列夫的俄羅斯芭蕾舞團成立初期，就負責編舞而聞名的福金也想來日本。甚至有消息指出，福金要替寶塚和松竹歌舞團的少女歌劇編導芭蕾舞。

西方舞蹈家雖然來訪，但是沒有一人是跳古典芭蕾的，所以波子很期待福金來日，可惜那始終只是傳聞。

波子一次也沒見過正統的芭蕾舞，就這樣不斷跳著芭蕾風格的舞蹈。古典芭蕾的基礎練習也是，自己也不知到底有幾分正確，是否已確實學會，就在這樣不清不楚的狀態下繼續堅持。

摸索，懷疑，絕望，隨著年紀增長越發加深。

戰後，日本也開始流行芭蕾舞，即使現在《天鵝湖》和《彼得洛希卡》這些俄國芭蕾舞的代表性作品，已經可以由日本人表演，波子依然底氣不足。

對於讓女兒學芭蕾舞，自己教授芭蕾舞的決定，有時也不免沮喪遲疑。

友子離開舞蹈教室後，波子似乎更加喪失教學的自信。友子的奉獻，或許一直支撐著波子的自信。

波子不知怎的有點累，好像感冒了，舞蹈課也停了四、五天。

「媽媽，我暫時去日本橋上課吧。」

品子也關心母親，

「在友子姊回來之前，讓我幫忙，不行嗎？」

「她不會回來了。雖然她說，將來，還會回到我身邊，或許有一天，可能回來……」

「我想去看看友子姊的對象。不過，那個人的姓名、住址，友子姊都沒有告訴我。該怎麼做，才能打聽到呢……？」

即使品子這麼說，波子也只是無力地表示，

「是嗎？」

「向友子姊的母親打聽，可能不太好吧？」

「不太好吧。」

波子有氣無力地回答，同時也在想，年底或正月新年時，友子的母親是否還是會像過去一樣來拜年。到時候，該怎麼說才好？

友子的母親，早年死了丈夫，靠著四、五間出租房屋，把友子撫養長大，但是戰爭把房子全都燒毀了。即使友子來波子的舞蹈教室幫忙後，她母親仍在附近的商店工作。無法養活兩人，波子一直很難過，以為將來總有機會。可是，比起波子以為的將來，友子離去的時刻，來得更早。

那個「將來」包含的，想必不只是友子的事。波子沉鬱地感到寂寞。

就算賣珠寶，甚至將別屋脫手，也想幫助友子，可是友子了解波子的生活狀況，而且，也斷然拒絕，說她不能依賴波子。波子毫無辦法，就像是走進與友子的性格差異、生活差距這個無解的死巷。

「品子，妳可別隨便去見友子的母親。她母親或許還被蒙在鼓裡。」

波子說。

「還有，日本橋的舞蹈教室，就算少了友子，也能經營下去。妳不用擔心。妳暫時還是別想著教學生比較好。」

波子害怕自己的內心陰影會影響品子。

於是，就在波子暫停教舞的期間，兩名東京的和服業者，以及一名京都的和服業者，來到家裡拜訪，三人都說，遇上竊盜。

東京的其中一人，是在擁擠的電車上，被人劃開皮包，丟了一大筆錢。另一人，是放在電車上方行李架的東西，被人拿走了。

京都的和服業者，則是在搭乘國鐵電車去大阪的途中，遭人搶走放在膝上的行李。當時正要發車，車門即將關閉，對方就在那瞬間搶走行李，跳下車。

「周遭的人都失聲驚呼。可我這個受害的當事人已經呆掉了，連聲音都發不出來。」

和服業者說著站起來，氣惱地比手畫腳敘述。

「那人就是這樣，一隻腳抵著車門，做出跳車的準備。」

波子講給矢木聽，只當成年關難過的話題，

「嗯。這些人偏偏不約而同來找妳，果然是物以類聚。」

「妳傻呼呼地大發同情心，八成又買了什麼吧。」

被矢木這麼一說，波子頓時詞窮。

她的確向京都的和服商人買了一件自己穿的短褂。也在心裡盤算，要從東京那兩人的商品之中買點什麼，沒能購買，總覺得愧疚。

看到結城產高級蚊形細紋染布，她本來想替矢木買下。如果是以往，就算手頭拮据，想必也會硬擠出錢，買給丈夫穿，想到這裡，波子感到雙重愧疚。

那塊布料，仍留在波子的眼中，本來也想談那個，但是一開口就被矢木潑冷水。

「年關將近，犯不著攜帶鉅款，搭乘擁擠的電車吧。」

「話是這麼說……」

「既然車門關閉時被搶走東西的案例很多，不要坐在出口附近就好了。」

矢木冷靜地繼續說，波子聽得很不耐煩。

「你都不同情人家？我們家畢竟也受他們照顧……我賣了不少舊衣服，多虧他們肯收。」

「那是做買賣吧。」

「除了買賣之外，也有人情。多年來一直是他們的老顧客，不管是對我，還是對品子，人家都精心挑選適合的布料，想讓我們穿，對於戰前特地留下的好貨色，和服店自己也很珍惜，人家是當成自家人，才賣給我們。想想都傷感……」

「傷感……？」

矢木反問，

「有必要這樣……？瞧妳，聲音都在顫抖？」

換作平時，根本不算什麼的小事，卻讓波子大受震動。

三名和服商人，在戰前，各自擁有規模相當大的店。京都的和服商人，戰時逃難到福井縣，遇上地震。到現在戰爭都結束五、六年了，依然沒有店面，三人都因為年底遭到竊盜，一臉悲慘地上門。

波子被矢木奚落後，想到如果拜託來日本橋和家裡學跳舞的女孩們，應該可以輕易推銷十幾二十匹和服布料，急忙換衣服去東京。

舞蹈教室裡，只有學生，一如往常，在做基本練習。兩個老資格的學生，代替波子和友子，離開隊伍，似乎正在教大家。

「唉呀，老師。您已經康復了嗎？」

「臉色還是很差喔。」

學生們湊過來，圍繞波子，扶著她在椅子坐下。

「謝謝。抱歉請了好幾天假。我看似虛弱，可沒有躺在床上起不來喔。」

波子說著抬起頭，想看圍繞她的女孩們，卻猛然咳嗽。咳得眼淚都出來了。

一個少女用手帕替她擦眼睛。

「我沒事。妳們繼續練習。我休息一下就好……」

波子說著，走進小房間，望著桌上的電話，然後聯絡竹原。

竹原來到舞蹈教室時，波子獨自坐在暖爐旁的椅子，把臉埋在搭在把桿上的那隻手肘。

「謝謝妳打電話來。妳電話中的聲音和平時不同，所以我本想立刻趕來，可是有客人要買小型相機。是做出口貿易。」

竹原站在波子面前，把帽簷插在把桿和牆壁之間。

波子用水汪汪的眼睛仰望竹原。額頭還留著被袖子壓出的痕跡，眉毛也有點亂。

「不好意思。」

波子不由說，

「我有點感冒，連教室這邊都請假沒來。」

「是嗎。妳看起來好像還很累。」

「有太多累人的事情發生。」

竹原依然站著，俯視波子，忽然移開目光，

「一走進這個房間，就有瓦斯味。不會中毒吧。」

「對，練舞時立刻就熱了，所以會關掉……」
波子說著，轉頭面對鏡子。
「天啊，臉色蒼白……」
波子一邊用指尖搓眉毛，一邊對自己睡意惺忪的模樣感到難為情。嘴上也幾乎沒塗抹口紅。
竹原看著旁邊，
「牆上的鏡子，還沒裝啊。」
「對。」
另一面的牆，打從租下這個舞蹈教室，就一直說要裝鏡子。可是，最後只把裁縫店的兩面穿衣鏡拼在一起鑲在牆上。
「或許已經無暇顧及鏡子了。」
波子微笑，但是鏡中那張憔悴的臉孔，更令人介意。
頭髮也有四、五天沒有好好整理，只用梳子梳起而已。
用這副模樣見人，波子感到絕望，但是面對竹原，似乎也湧現懷念的親密。

「今天也是，本來打算在家裡休息，忽然起了念頭，就出來了。」

竹原點點頭，在椅子坐下。

「聽電話中的聲音，我還以為妳怎麼了。我沒想到妳一個人待在這裡，就直接進來了，妳那副模樣，是在想什麼。」

「我哪有想什麼……」

波子支支吾吾，雙眼籠罩輕愁，

「只是想起無聊的小事。那個護城河畔，白色的鯉魚……」

「鯉魚……？」

「對。靠近日比谷的十字路口，護城河的角落，不是有一尾白鯉魚？我看著那條鯉魚時，不是還被你罵了？」

「我想起來了。」

「後來我聽品子說，那裡有鯉魚，其實不足為奇。」

「就算有一條小鯉魚，浮現護城河的角落，大家也沒發現，逕自走過。那種東西，只有我一人看到，當時你不是說過嗎，我就是這樣的個性。」

「我是說過。鯉魚和波子，似乎同樣孤獨，同病相憐。看著妳專心看護城河的背影，就很想對著妳的背影大喝一聲。」

「你當時罵我，叫我改掉那種個性。」

「看著妳，連我都開始難過了。」

「可是，就算無人發現，鯉魚依然在這裡悠遊。那時，我是這麼想的。所以，事後，我對品子說過。」

「說妳跟我一起看到的……？」

波子悄悄搖頭，

「品子還告訴我，那是鯉魚聚集的地方。到了傍晚，不是只剩一條魚嗎……據說帶小孩去日比谷公園玩的人，臨走時會把吃剩的便當，例如麵包屑或飯粒之類的扔在那裡……所以那裡是鯉魚聚集的地方，就算有一條魚，也不足為奇。」

「這樣啊。」

竹原一邊回答，露出反問的眼神。

「聽品子說了之後，我覺得你罵得一點也沒錯，自己都覺得丟臉。那個時候，一條小鯉魚，挑選異樣冷清的地點，孤零零地出現，似乎令我深受觸動。」

「是啊。」

竹原同意。

「那種情形，妳經常發生。」

「我也這麼想。平平無奇的鯉魚，我卻感到悲憫……雖然和你在一起，卻注意到那種東西，忽然感到寂寞……」

脫口說出後，波子驀然一驚，眼神閃爍地低下頭。

眼皮微紅，也染紅了雙頰。

「對不起。」波子彷彿想放鬆緊迫的呼吸般說道。

竹原凝視波子。

「或許個性使然，天生就無法不去在意白鯉魚吧。」

波子眨眨眼，左肩稍微傾斜。在竹原看來，她的肩膀，似乎因某種重擔而僵硬。

竹原站起來，遠離波子兩三步，然後又走近。

波子把右手放在左肩，閉上眼，就那樣幾乎向前倒下。

「波子。」

竹原從旁扶住波子。他沒鬆手，繞到背後抱著她，想把她拉起來。

他將自己的右手疊放在波子的右手上，溫柔地握住。波子的右手，在竹原的掌中，放鬆手指的力氣後，從肩膀滑落。那種冰冷、細膩，滲透竹原全身。

竹原屈身。

「太遲了。」

波子說著，把臉撇向一旁。

「太遲了……？」

竹原重複波子的呢喃，之後強硬地說，

「不會太遲。」

然而，如此否定後，波子那句「太遲了」，這才深深傳入心底。

竹原似乎有點遲疑，身子文風不動。

竹原的下巴下方，是波子的頭髮，可以看見她的耳垂，略為扭轉的脖子，後頸白皙。

今天，她沒有戴耳環。

波子感冒，不能洗澡，所以出門時，唯獨香水，用了比平時更多的分量。那種Caron黑水仙的香氣之中，隱約帶有枯草燒焦似的頭髮氣味。

竹原的右臂，依然疊放在波子的右臂上。波子將那隻手從左肩放下，因此變成竹原溫柔地摟著波子的胸部，他感到波子劇烈的心跳。明明沒碰到那邊，卻能感受到心跳。

「波子，不會太遲的。」

波子悄悄搖頭，撇開的臉，扭回來面對他。

竹原用胸膛支撐波子，嘴唇貼近波子的上眼皮。剛才竹原本來想先碰波子的眼皮。

波子閉上眼後，上眼皮彷彿會說話。比起嘴唇，更溫暖、更悲傷地訴說。然而，竹原還沒碰到她，眼皮就溢出淚水，沾濕睫毛。在濡濕的睫毛襯托下，雙眼皮的線條，更加美麗。

眨眼之間，淚水滑落眼角。

竹原想把嘴唇移向那眼淚時，

「不要，我害怕。」

波子說著，晃動肩膀。

「我害怕。有人在看。」

「誰在看……？」

竹原抬起眼。波子也抬起眼。

從對面的採光窗，可以看見路過行人的腳。

那是比路面稍微高一點的細長窗口，可以看見路人的小腿走過。看不見膝蓋，也看不見鞋子。

地下室明亮得刺眼，步履匆匆的城市，已是傍晚。

「我害怕。」

波子想站起來的動作，使得竹原的手臂忽然鬆開，波子就像散了架，踉蹌向前撲。

「放開我……」

波子說著，就那樣直接走開。

竹原看著波子逐漸遠離。可是，彷彿仍抱著波子。

「離開這裡吧。」

「好，請等一下……」

波子一照鏡子，似乎被自己嚇到，連忙遠離牆上的鏡子。

當晚，波子回到家時，還不到九點，比品子早。品子還要編導舞蹈，所以大概比較晚吧。比品子先到家，多少讓波子鬆了一口氣。似乎比較容易找藉口。

拉開丈夫房間的紙門，搭在把手上的手指，始終用力，

「我回來了。」

「妳回來啦。怎麼這麼晚。」

矢木從桌前轉身，

「妳今天出門，沒有不舒服吧？」

「是。」

「那就好。」

矢木晃動錫製茶罐給她看。

「這個，已經空了。」

波子來到客廳，想把玉露茶從罐子裝進小茶罐，手卻發抖，茶葉都灑出來了。

然而，她把玉露送去時，矢木已經埋頭寫作，不看波子。

「今晚，你會寫到很晚嗎？」

雖然打算默默退下，波子還是忍不住開口。

「不。天氣冷，我會早點睡。」

波子回到客廳，把灑出來的玉露茶葉放進火盆燒掉。煙散後，猶有氣味縈繞。

波子想在室內輕輕四處走動，卻還是按捺住了。

本來打算一回到家，就直接去練舞場彈鋼琴，結果也做不到。

在回來的電車上，波子一直聽見貝多芬的《春天奏鳴曲》。那首曲子，有她與竹原的回憶。很久以前的回憶，透過音樂，彷彿是遙遠的夢，又彷彿是近在咫尺的現實。

「品子如果回來，就危險了。」

波子咕噥。

為了避免掩藏不住的喜悅被品子識破，她只能躲進被窩。本來就有點感冒，即使提早就寢，矢木和品子應該都不會起疑。

波子離開日本橋的舞蹈教室後，在竹原的邀約下，去了西銀座的大阪料理店，但她一直留意時間，怕回家太晚。沒想到，在新橋車站和竹原道別後，波子的思緒反而潰堤，源源不斷湧出，令她不由自主沉浸其中。

而且，回到丈夫的身邊後，反而比待在竹原身邊時更無懼丈夫。

波子替自己鋪床時，差點失聲驚呼。

因為她如電光一閃般感到，無論在那護城河畔，或在日本橋的舞蹈教室，和竹原在一起時，忽然發作的恐懼，其實是愛情的發作吧。

波子任墊被掉在地上，坐在那上面。

「那種事，怎麼可能。」

她用力否定，即使在被窩安頓下來之後，也如畏懼那道閃電般雙手合十。

她正在試圖回想《大日經疏》的合掌十二禮法時，矢木進來了。

雙手手指和掌心都緊緊相貼的堅實合掌；掌心之間稍有空隙的虛心合掌；形如花苞，手掌略為拱起的未開蓮合掌；雙手的大拇指和小指緊貼，另外三指分開的初開蓮合掌；掌心相貼，五指交握的金剛合掌；還有歸命合掌——到此為止，都是很像合掌的合掌，所以很好記，也不會忘記。

可是，剩下的七種手勢，例如，雙掌向上，手指彎曲如掬水狀的持水合掌；手背相貼，十指交叉的反叉合掌；雙手只有大拇指相貼，掌心向下的覆手合掌。這些不像合掌的合掌，波子就記不清了。即使能比出那個形狀，也想不起名稱。

為了想起那些，她又從頭反覆做了兩三次，做到歸命合掌時，

「怎樣……？睡了嗎？」

矢木拉開紙門，在昏暗中，窺探波子的睡姿。

波子嚇了一跳，還保持合掌姿勢的雙手，連忙放到胸口。

歸命合掌是死人的合掌，但也是誠惶誠恐、戒慎恐懼的手勢。可視為請求寬宥罪過的手勢，也可視為乞求哀憐的手勢。

波子交握的手指用力，緊緊壓著胸口。

她懷疑矢木已察覺竹原之事，是來興師問罪的。

「出門一趟，想必還是累了吧？」

矢木把手放在波子的額頭上，

「怎麼，沒有發燒啊。」

他說著，又把額頭貼上她的額頭。

「反而是我的溫度比較高。」

波子想避開矢木，把胸前的手抬起，自己壓著額頭，頓時吃了一驚，

「唉呀。真討厭。我沒洗澡……六天沒洗了。」

不過，波子壓抑渾身顫抖。

也努力試著掩飾認命。

然後，面臨絕望後，彷彿突破了不貞的恐懼和罪惡感，得到解放。

波子落淚。

之後，矢木從客廳喊她。

「要不要喝杯熱檸檬汁？」

「我喝。」

「要加糖嗎……？」

「多加一點……」

波子想起回家時，曾對矢木說：「今晚，你會寫到很晚嗎？」聽來是否也像是一種邀請？波子咬唇。

波子喝著熱果汁，聽見品子回來的腳步聲。

「媽媽呢……？」

品子一走進客廳就說。

矢木用波子也能聽見的音量說，

「她去了東京一趟，累壞了，正在睡。」

「咦？媽媽出過門？」

品子似乎打算來波子的臥室，卻被矢木叫住。

「品子。」

品子似乎在父親面前坐下了。

矢木打算說什麼呢？波子豎起耳朵，一邊在床上翻來覆去，撩起亂髮。

波子察覺，矢木或許就是為了給她充裕的時間整理儀容，為了不讓品子去臥室，這才叫住品子，於是她忙碌的手指，忽然不動了。

「爸爸，那個，是熱檸檬汁……？」

父親不說話，品子只好先開口。

「是的。」

「我也想喝。」

波子聽見倒熱水、攪動杯子的聲音。

矢木似乎看著品子的動作，

「品子。」

他再次喊道，

「我看高男的筆記，上面寫著，一兄一妹，是這世上最親近的人。」

突然聽到這種話，品子大概正看著父親吧。

「那是尼采寫給妹妹信中的話。」

矢木繼續說，

「品子，妳覺得呢？品子和高男，不是一兄一妹，是一姊一弟，和尼采正好相反，但是高男似乎認為這句話很好，所以才特地抄在筆記本上吧。雖然兄妹和姊弟的順序相反，但同樣是一男一女，只有兩人手足……是這世上最親近的人。這句話不錯吧。」

「是很好。」

「高男希望是那樣。所以品子，妳最好也把尼采這句話寫下來。」

「是。」

波子聽見品子老實回答。

不過，品子似乎突然想起，

「爸爸是一兄一妹，對吧。」

品子似乎是若無其事地隨口提及，波子卻猛然一驚。

矢木和他的妹妹，雖是手足卻形同陌路，如今，已經互不來往。

矢木的妹妹，在波子娘家的資助下，從女子高等師範畢業後，和矢木的母親一樣成為女教師。隨著年紀增長，逐漸疏遠兄嫂，這是矢木的錯？是妹妹的錯？抑或是波子不好？想必，每個人都有責任。同時，也是自然而然的發展吧。不過，生活和個性都不同的小姑與波子合不來是事實，波子看到這個小姑，就會被迫感到，那是婆婆也傳承給丈夫的個性，他們和自己是不同世界的人。

被品子提到妹妹，波子等著聽矢木怎麼回答，

「對了，我也好一陣子沒見到姑姑了。過新年的時候，我們合寫一張賀年卡寄給姑姑吧。」

不過，父親的冷淡反應，品子似乎不以為意，

「爸爸，今早，您提到尼金斯基？說來說去不是尼采，就是尼金斯基，這些發瘋的天才……？尼金斯基小的時候，上面的哥哥死掉，所以他也變成了一兄一妹吧。」

今晚，高男晚歸，矢木對品子提起高男，旁聽的波子，卻覺得像是在說給自己聽。

波子見過竹原的事，是否已被矢木識破，所以迂迴地警告身為母親的波子？一姊一弟，一父一母，這是世上，關係最親近的人……

品子似乎也對父親說的話心裡有數，但她提起矢木的妹妹，又說尼采是瘋子，連波子也被轉移焦點。儘管品子無意諷刺，但波子躲在房間聽著，還是提心吊膽，也有點恍惚。

「媽媽。」

品子喊。

波子無法回答。

「已經睡著了吧。」

然後，品子對父親說，

「媽媽她，也喝了熱檸檬汁？」

波子不禁感到，

「天啊，真討厭。」

她幾乎渾身哆嗦，

「怎麼會有這種小孩。」

女人內心潛藏的惡意、齷齪，那種女人的直覺，波子感到，也在品子身上發揮作用。

「媽媽她，也喝了熱檸檬汁……？」

也許，品子只是出於關心才這麼說。

然後，波子深深嘆息，討厭的，其實是自己吧。只有自己噁心的模樣，留在腦海。她感覺觸及自己的醜陋，爆發莫名的憎惡。

波子覺得，自己的醜陋，彷彿直接以醜女的姿態橫陳。

因為心虛，所以回來時，才會誘惑丈夫嗎？畏懼罪惡的氣息，所以才格外主動投身波濤，沉溺其中？那種罪惡感，對丈夫，也對情人，是雙重的。不過，也因此，歡愉似乎也變成雙重。而且，無論對丈夫或是對情人，或許也加重了奇怪的罪惡。

她想把厭惡、悔恨、絕望之類的情緒巧妙掩藏，但是波子今天，已是新的身體。

為什麼呢？因為沒有拒絕竹原嗎？

竹原看到波子的恐懼，連嘴唇也沒碰，但是波子不是因為恐懼才拒絕竹原。

波子之前如電光一閃般感到，那種恐懼的發作，或許其實是愛情的發作，不由放下棉被時，是否就是波子的命運之時？

那道閃電，似乎照亮了波子的真面目。

波子覺得，自己或許用恐懼的面具，欺騙了竹原和自己。

吾妻德穗、藤間萬三哉夫婦的舞劇《長崎踏繪》，在帝國劇場演出四天，最後一天，波子去了。

五點開演，但波子兩點就從北鎌倉出發，先去找銀座的珠寶商，把戒指賣掉。就是那枚本來想給友子的戒指。

波子邊走邊遲疑，把那個換成錢後，要從中拿出多少給友子。

「那時，友子如果收下了，也就沒這麼多事了。」

的。

友子之前也替波子跑腿去過珠寶商那裡，想必，應該是在同一間店賣掉的。

從那時算來，其實沒過幾天，這次波子卻為自己賣掉了。如果把錢拿回家，分給友子的份，八成又會減少。

波子決定用快遞的方式，直接把錢送到友子家，遂折返新橋車站。

在成群快遞員面前，她數著千圓鈔票，忽然「哎呀」了一聲。

波子轉頭，她以為是竹原的手，碰觸她的肩膀。

然而，原來是其他客人的行李碰到她的肩膀。一個和竹原一點也不像的年輕男人站在那裡。拿著某種細長的東西。

「抱歉。」

「沒關係。」

波子臉紅了。心口發熱。

她重數一遍一萬圓後，用手帕把錢包好，在手帕寫上友子的住址。

「咦。要用手帕包裹，送錢過去嗎？」

快遞員很驚訝。

「我這裡有袋子。要給您一個嗎？」

「好。」

波子心慌意亂，情急之下只想到手帕，甚至沒想到那有多奇怪。

然而，離開那丟臉的場所後，輕盈的笑意點點滴滴湧現。

一邊思考該給友子多少錢，一邊走來時，各家服飾店的櫥窗，也有男裝映入眼簾，那些服飾，全部讓她想到，竹原穿上不知如何。似乎只有適合竹原的商品，在這街上生存。商品主動等待波子，呼喚波子。同時，竹原穿戴那些的模樣，也立刻浮現波子的眼前。

友子的事情好歹解決後，商店的男裝更顯得生動，看著櫥窗的圍巾，波子感到，就像正在用手碰觸竹原裹著那條圍巾的脖頸。她不由自主走進店內，買下圍巾。

「啊，好開心。不過，這等於是友子出錢買的。算是妳的臨別贈禮……？」

波子這麼嘀咕著，又買了一條毛織領帶。

她經過之前和竹原同行的護城河畔，走到帝國劇場。來得太早了。

走上二樓一看，休息室的柱子和牆壁，掛著林武及武者小路實篤等人的畫。波子有點疑惑，不過現場也佈置了「花與和平協會」這個小型賣場，可以看見詩人和作家的簽名板，可見畫作似乎也是那個協會的。

波子倚靠休閒椅，望著林武的《舞娘》這幅粉彩畫時，

「波子夫人。」

忽然有人拍她肩膀。

「您看得可真入迷。」

手和聲音是同時，所以這次肯定是竹原。然而，波子還是又吃了一驚。

「好久不見。」

沼田鄭重說。

「好久不見……」

「能遇見您正好。」

沼田坐下之前，轉頭看《舞娘》，

「不錯的畫呢。嗯。拿著扇子……」

說著，他走近那幅畫。

波子擔心這人如果一直緊跟著，直到她回家，那該怎麼辦。

笨重的沼田在身旁一坐下，波子的身體立刻也往長椅凹陷的地方歪倒，所以她悄悄退開。

「上個月，我才見過矢木老師……」

「噢？」

波子毫不知情。

「他從京都寄信給我，把我叫去幸田屋，我以為有什麼事情，連忙趕去一看，結果好像什麼事也沒有。我本來以為，一定是為了波子夫人的事，可是老師似乎打算從我這裡刺探什麼。比方說竹原先生的事，還有香山的事……」

沼田看著波子的臉色。

「我也隨口敷衍過去。還談到了波子夫人的青春……」

波子想用輕笑掩飾，臉頰卻紅了。

「今天見到您，我很驚訝。您好像忽然如花綻放，看起來格外嬌豔。」

「別取笑我了……」

「不，是真的像鮮花綻放。」

沼田再次強調，

「我也試著勸過矢木老師，請他讓夫人重返舞台……」

「我哪行啊。連舞蹈教室，都打算關閉了……」

「為什麼？」

「我沒有自信。」

「自信……？夫人，在東京，您知道有多少芭蕾舞教室嗎？多達六百間喔，六百……」

「六百……？」

波子很驚訝，有點傻眼，

「天啊，真是驚人。」

「據說有好事者調查過。大阪有四百間左右……」

「大阪有四百間……？真的假的？真不敢相信。」

「加上外縣市各地的教室，數目相當驚人呢。」

「某人曾寫道，芭蕾舞不是義務教育，的確，當代芭蕾舞的狂熱，簡直令人想這麼說。就像一股風潮，女孩子都得了舞蹈病。最近，據說還有舞蹈家被稅務局奚落，說這年頭賺錢的想必只有新興宗教和芭蕾舞。」

「不會吧……」

「不過，這股芭蕾熱潮，我認為，似乎非比尋常。古典芭蕾其實不適合日本人的生活和體型，基礎沒打好，就胡亂編舞，舉辦發表會，的確如您所抱怨，但是全國各地，都有無數女孩開始跳躍、蹦高、轉圈，想想還真驚人呢。換言之，棄子也會相對增加。從那之中，自然有出色舞者誕生。所以就算是廢物也得先累積一定的人數。哪怕是三流教師，也是多多益善。當不成芭蕾舞者的淘汰者，也是越多越好。事物的盛行，大概就是這樣吧。我個人非常樂觀，日本的芭蕾舞固然前途看好，我的工作也是。」

沼田越說越得意，

「在東京，芭蕾舞教室就算從六百家增加到一千家，那也不足為奇。素質差的只會更差，屆時，夫人的舞蹈教室，自然就會受到讚賞。」

「你這種說法有點奇怪。」

「總之，現在不是退縮消沉的時候。波子夫人也該靠芭蕾舞生活。」

「生活……？」

「就是生活呀。如果叫您好好拿出做生意的精神，當成一種職業，會很冒犯嗎？可是，這年頭，學芭蕾舞的女孩子，多半是想當成職業，成為專業舞者喔。」

「是啊。我就是被那個嚇到了。」

「就是要那樣才對。否則單只當作千金小姐的消遣……夫人出道的時代，我也承蒙諸多照顧，所以這次該我報恩，我願意為您效勞。首先，就辦一場波子夫人的發表會吧。最好是一開春，選在季節之始。矢木老師那邊，我認為不是問題，我會跟他談判。上次，我也對老師說過，我在煽動波子夫人。」

「矢木聽了怎麼說？」

「他說四十歲的女人就算出來跳舞，也不過是下次戰爭爆發前的短暫時光。哼，二十幾年來都靠夫人吃軟飯，那算是短暫時光嗎？那個人以為他是誰啊……『我的錶，從以前到現在一分鐘也沒有誤差過。』誤了老婆一生，害人家偏離正軌，還好意思說錶咧。」

「我偏離正軌？」

「是啊。雖然沒有矢木老師小家子氣的腦袋那麼瘋狂……夫人，去談戀愛吧。用戀愛重新上緊發條。」

沼田的大眼睛凝視波子。

「也差不多到了該離婚的時候吧。能跳舞的時間，如果真的如此短暫……何況您今天美麗如花……」

「你怎麼了？」

「這句話我還想問咧。夫人，昨晚，您和竹原先生在銀座漫步吧。被我看到囉。」

被沼田看到了嗎？波子很吃驚，

「我只是為了舞蹈教室，找他商量一下。」

「很好，不管是要商量，還是要幹嘛，您儘管去。如果要背叛矢木老師，我絕對支持您。舞蹈教室就在日本橋的中央，離東京車站很近，只要您經營得法，一定會有驚人的發展。讓我助您一臂之力吧。」

「是啊……撇開那個先不提，我的學生友子，你知道吧，如果有什麼賺錢的門路，我想請你幫忙介紹給那孩子。」

「那女孩不錯。不過，光靠她一人，能走紅嗎？不如和品子小姐搭檔，您看如何？」

「品子不行，她屬於大泉芭蕾舞團。」

「考慮看看吧。」

開幕鈴聲響起。

沼田從波子身後笨重地站起來。

「夫人，崔承喜的女兒據說戰死了，您聽說了嗎？」

「天啊，那孩子死了……？」

波子想起那個穿著友禪花色的寬袖和服，身材高挑纖細，年僅十歲的少女。在舞蹈會的走廊，偶爾會撞見。那孩子穿的和服肩頭縫份的褶子，歷歷如在眼前。似乎還化了淡妝……

「我記得是個可愛的孩子，我想想喔，她應該已是品子這個年紀吧。她加入了共產黨當女兵……？還是去前線跳舞勞軍……？」

說著，依然只能想起女孩穿友禪和服的模樣。

「崔承喜有段時間據說逃到中國東北。因為是北韓的國會議員。據說也經營舞蹈學校。」

「是嗎？前幾天，我還和品子聊過崔承喜呢。那個女孩子，戰死了？」

波子就座後，少女的身影依然沒有消失。那似乎和波子自己的內心騷動合而為一。

沼田說話照例有點誇張，所以波子抱著懷疑聽他說，據說他撞見波子和竹原在一起。被看到也沒辦法，但今晚她也和竹原約定在這裡見面，所以波子很傷腦筋，不知怎麼躲過沼田的眼睛。

波子知道竹原會晚到，卻還是忍不住環視觀眾席，或者轉頭看大門，始終坐立不安。

沼田必然會如他所言支持波子。作為經紀人，與其說被沼田使喚，波子毋寧是使喚人的那一方。此外，沼田長年來很有耐心跟隨波子，始終想找機會趁虛而入。就連女兒品子，他都想當成追求波子的工具。看到波子防禦堅固，不可能答應他，沼田甚至說要等第二次機會。換言之，他想趁波子和別的男人戀愛因此失守時，伺機抓住波子。

波子對沼田，既覺得安心，又覺得無法放心。

這兩三年來，波子盡量避開沼田。沼田自然也疏遠了她。碰上時，沼田總是說矢木的壞話，波子的心越離開矢木，反而越討厭聽到那種話。

《長崎踏繪》由長田幹彥創作，是五幕七場的新作舞劇，描述殉教導致愛情悲劇，愛情悲劇導致殉教的故事。

作曲者是大倉喜七郎（聽松），所以由大和樂團演奏。或許該說是使用西洋樂器的日本風格音樂，在這齣劇中，不僅出現清元節[1]，也有聖歌合唱。諏訪神社的秋祭，就是該劇的第一景。選擇神社的祭典之日，想必是為了和被禁止的基督教做對比，也是為了跳祭典舞吧。

「看過彼得洛希卡的嘉年華會後，總覺得日本的祭典很冷清單調呢。」

中場休息時，沼田說。

「日本式的感傷，似乎就是那樣。」

因為被沼田纏住，波子決定下一次幕間休息不去走廊。

昨天就把入場券給竹原了，但是位子不在一起，所以波子更加坐立不安。等到快要結束，第六景前，竹原終於來了。他站在門口，以目光搜尋下方的座位。

「這裡。」

波子站起來想喊他，走上去找他。
「啊，抱歉來遲了。」
「我還以為你不來了。」
波子不經意拉著竹原的手。察覺後連忙放手，但波子的手中，留有一隻竹原的手套。倒像是幫他脫手套了。
「是peccary……？」
波子拿起手套看，然後塞進竹原的口袋。
「佩卡利是什麼？」
「野豬皮。」
「我不知道。」
「沼田來了。他說，昨晚，在銀座看到我們……」
「是嗎。」

1 清元節，淨琉璃的一種，以三絃琴伴奏的說唱曲藝。

「我不想在這裡又被他發現，我想走了。」

波子朝座位那邊想走樓梯下去，

「唉呀。腳有點怪怪的。等你的時候，大腿好像繃得太緊了。」

說著，她活動一下肩膀，就此離開。

幕升起，是刑場。

殉教者們以悲慘的姿態被拖走。清之助這名工藝師也遭到凌遲極刑。他的情人阿市，夜裡偷偷來到刑場，望著清之助掛在十字架上的美麗遺容翩翩起舞。

吾妻德穗跳的這段舞，令波子落淚。竹原來了，她終於可以安心看舞蹈了。感動很直接、純真、一發不可收拾。似乎是被自己感動。

然而，剛要落幕，波子立刻起身，去喊竹原。竹原也看著波子這邊，應她召喚而來。

「還有一場踏繪，我們逃走吧。」

「要偷溜嗎？」

「不是害怕喔。我再也不說害怕了。」

竹原以為，要偷偷溜走不讓沼田發現，但是波子宣稱已不再害怕的聲音，從最深處帶著嫵媚，令他吃驚。

「你難得來，結果只看了一場。」

波子對此，毋寧是愉快地說。

「我也等於只看到一場。不過，吾妻先生的舞蹈，一定有某種魔力吧。我本來心不在焉，忽然清醒時，才發現舞台上，那人正在跳舞。舞台裝也好美。胭脂紅的天鵝絨，綴有銀色波紋，黃色的天鵝絨，還繡了草花，兩者都是天鵝絨吧。」

接著，波子給竹原看手裡的紙包。

「我看應該很適合你，所以就給你買了圍巾。」

「給我……？」

「如果不適合，就糟糕了。」

「很適合。長年來，彼此都把對方的身影放在心裡，所以一定適合。」

「哇，太好了。」

然而，波子似乎還不罷休，又開始說起友子的事。她說自己賣了戒指，送錢給友子，也買了這條圍巾。

打從波子婚前，和竹原的關係便忽近忽遠，就這樣超過二十年，事事都老實告訴竹原的習慣，並非始自今日。

波子雖然有點猶豫，還是說出矢木的祕密存款。

「這樣啊。」

竹原似乎思考了一下。

「總覺得，好像有點可憐。」

「矢木嗎……？」

「不過，或許並非可憐那麼簡單吧。」

兩人避開日比谷的電車大道，一路走陰暗的巷道，來到昴座電影院前的明亮處，波子不經意轉頭一看，發現高男站在那裡。

高男凝視母親。

「媽媽。」

高男先喊道，從電影院的售票處走下來。

「哎呀，你怎會在這裡……？」

波子雙腳用力站穩。

高男說他是和朋友來買票的。波子簡短說，

「現在……？」

「對。和松坂……我想把松坂介紹給媽媽……」

這麼說完後，高男也對竹原打招呼。他的態度坦誠，所以波子稍微安心。

「這是松坂。是我近來最要好的朋友。」

看著站在高男身旁的松坂，波子覺得就像在夢中見到妖精。

「找個地方坐坐吧。高男也一起，如何？」

竹原沒有特別針對波子或高男說。

他們走向銀座，進入附近的歐夏爾餐廳。

在門口，竹原要寄放帽子，波子卻偷偷取出圍巾的紙包，

「走的時候，記得把這個也領走……」

山的彼方

品子帶著研究所新來的四個少女，前往銀座的吉野屋。

這些十三、四歲的女學生，來自同一個班級，四人一次集體加入，畢竟很罕見。這四人，都夢想成為芭蕾舞者。

她們立刻說要買芭蕾硬鞋。即使品子勸阻，告訴她們不可能一開始就穿硬鞋跳舞，但對少女們而言，硬鞋或許是憧憬的象徵。

品子只好帶她們去鞋店。

一走進吉野屋的店內，少女們似乎為硬鞋感到驕傲，對著買普通鞋子的女客人，投以蔑視的眼神。

讓男伴出錢買鞋的女人們，總會有類似那樣的各種表情，至於一個人拿不定主意買鞋的女人，有的表情異常慎重，也有的微微興奮得臉紅，隔著一段距離冷眼旁觀，品子覺得那是奇妙的世界。

品子說，接下來要先去母親的舞蹈教室，之後再去帝國劇場看《普羅米修斯之火》。少女們嘰嘰喳喳，兩個地方都想跟去。

「到了舞蹈教室，大家立刻穿上這鞋踮起來試試吧。可以吧。」

少女說著，就在銀座大街上，踮起女學生鞋的腳跟。

「不行啦。大泉研究所的人，怎能在別人的舞蹈教室穿硬鞋，太不像話了。」

「那是品子姊的母親，又不是別人。」

「就是因為是我母親，所以更不可以。不然我不知會被怎麼責罵。」

「只是參觀她們練習應該沒關係吧。我想看。」

「參觀也不行……才剛加入大泉，怎麼可以就去別處參觀教學……」

「那麼，我們送妳到門口，這樣也不行？」

等看完《普羅米修斯之火》夜都深了，所以品子想叫少女們早點回家，聲稱江口舞蹈團和古典芭蕾的技巧不同，可是其中一個少女說，

「可以當作參考啊。」

「參考……？」

品子說著，不禁失笑。

可是，少女們抱著期望和好奇心，還是一路糾纏品子，直到來到波子的舞蹈教室。

品子帶來的少女們，以認真的眼神，看著結束練習、從地下室離開的少女們。這是穿芭蕾硬鞋的同類，不是穿普通鞋子的女人。

品子和那些少女道別，走下舞蹈教室。

波子正在小房間，和五、六個學生一起換衣服。

品子在外面這間等待，一邊拿起小桌上的唱片播放。是貝多芬的《春天奏鳴曲》。

品子也知道，這首曲子，帶有母親對竹原的回憶。

「讓妳久等了。」

波子出來，對著這邊的鏡子整理頭髮，

「品子，高男的朋友，有個叫做松坂的孩子，妳見過嗎……？」

「那個朋友，我聽高男說過。雖然沒有見過，但是長得非常好看吧？」

「很好看，與其說好看，簡直是不可思議的美，就像妖精……」

波子說著，彷彿在追尋幻影，

「昨晚，從帝國劇場回來時，高男介紹給我認識。」

波子去看《長崎踏繪》的事，品子也知道，和竹原見面的事，因為被高男撞見，高男八成也告訴品子了。波子這麼想著，說道，

「我很驚訝居然會有這種人。好像不是地上凡人，卻也不是天上仙人。不像日本人，也沒有西洋味。膚色或許算是比較黑，但並非黑色，也不是小麥色，感覺就像是皮膚之上，還有一層微妙發亮的皮膚。像個女孩子，卻又有男性氣概……」

「聽起來倒像是妖，或是佛……？」

品子開玩笑說著，疑惑地看著母親。

「應該是妖吧，就連和那種人做朋友的高男，都開始覺得他怪怪的。」

波子對松坂的印象，就像不祥的天使，這也是真的。

和竹原同行之際，高男意外出現，嚇得波子不敢動，只覺兩眼發黑，就在那黑暗中，松坂彷彿散發妖異的光彩亭亭佇立。就是那樣的印象。

被沼田撞見，又被高男發現。正當波子感到走投無路，陷入絕境時，意外地，松坂正好也在場。

走進歐夏爾後，波子一邊喝紅茶，仍舊忍不住看松坂。這下子自己和竹原的關係，或許將就此結束，同時，恐怕也將面臨悲慘的結局，在這樣的時刻，波子只覺心頭窒悶喘不過氣，可是毫不相干的松坂，卻在這時出現，美麗如妖精。波子覺得，這或許是命運的某種暗示。

高男和朋友同行，不足為奇，所以應該是松坂的美，不可思議地發揮作用吧。

靠裡面的位子，和大廳之間，有一層薄幕區隔。松坂的臉龐，染上簾幕的水藍色，透過簾幕，隱約可看見大廳。最後波子只好和竹原分開，與高男回家。

直到今天，波子對松坂的印象，仍如自己的影子縈繞不去。

「高男是從什麼時候和他交朋友的？」

「應該是最近吧？他們好像非常親密。」

品子回答，

「媽媽，要繼續放唱片嗎？」

「不了。我們走吧。」

《春天奏鳴曲》的唱片，第一張的背面是第一樂章，以快板結束。

品子收起唱片說，

「這是什麼時候拿來這邊的？」

「今天。」

波子想，今天見不到竹原了。

波子連續兩天都去了帝國劇場。

今天，是江口隆哉、宮操子公演的第一晚，舞蹈家們和舞蹈評論家、音樂記者都來了，受邀的客人之中，想必也有不少波子認識的人，所以無法邀竹原一起來。昨晚已學到教訓了。

而且，今天是品子邀波子同行。母親昨晚和竹原見面一事，品子也聽高男說了，但她沒想那麼多，不知母親今天還想見竹原。

波子本想打電話給竹原，一直在等學生離開。可是，品子來了，這下子連電話都不能打了。

雖被偏心爸爸的高男撞見，但是從昨晚到今早，矢木什麼也沒說，也沒任何事發生。不過，波子還是想把這些情況告訴竹原。而且，只要聽到竹原的聲音，心裡應該就踏實了。

沒打電話，讓波子很惆悵。

「最近，就算去舞蹈會，也有點煩。」

「為什麼……？」

「或許是因為不想被以前就認識的人看到……？對方似乎也不知怎麼打招呼，我也有點傷腦筋，不知如何是好。時代變了。或許已經沒有我的位子了。他們都會露出遇見早已遺忘的人那種神情。」

「沒那回事。是媽媽自己這樣說吧？」

「對呀。戰時被大眾拋棄，這是事實。或許是自己把自己變成這樣。這是戰前的人，在戰後感到的厭世吧。這種例子在社會上或許很多，如果意志軟弱……」

「媽媽的意志，一點也不軟弱。」

「是啊。曾經有人忠告我，如果我這樣，會讓孩子變得軟弱。」

那時，就是在皇居護城河畔，被竹原如此忠告，此刻波子正朝那邊走去。從京橋通往馬場先門的電車大道，穿過國鐵的高架橋下後，行道樹高大，葉子卻已落盡，皇居的森林，出現一彎細細的新月。

波子毋寧是被心頭的青春烈焰動搖，忍不住脫口說出相反的話，

「果然，還是得在舞台上跳舞才行。宮小姐他們真厲害。」

「就像宮小姐的《蘋果之歌》……？還有，《愛與混亂》……？」

品子說出舞蹈的名稱。

《蘋果之歌》伴隨詩歌朗誦，跳起伴伴女郎[1]舞。《愛與混亂》是復員軍

人的群舞，男人穿沾滿汗水的褪色軍服或白襯衫黑長褲，女人穿洋裝跳舞。

這些舞蹈是古典芭蕾絕對看不到的，也鮮明融入了戰後生活的真實面貌，品子以前看過，所以還記得。

「從戰前到現在還在跳舞的，不只是宮操子女士。媽媽也跳吧。」

「那就跳跳看吧。」

波子也這麼回答。

六點開演，她們提早二十分鐘就到了，波子想避人耳目，坐在位子上動也不動。今晚的位子，也在二樓。

品子提起四個女學生的事。

「噢？四人相約一起行動……？」

波子微笑，

---

1 伴伴女郎（pom-pom girl），戰後日本的混亂期，以駐日美軍為對象的街頭私娼。

「不過，在那些女學生的年紀，品子已經經常在舞台上跳舞了呢。」

「是啊。」

「最近，媽媽的教室，也有四、五歲的孩子來說想學跳舞。還說想成為芭蕾舞者……不是小孩自己想，是母親想讓孩子那樣。日本舞有四、五歲開始學習的孩子，西洋舞也不是沒有，但我拒絕了。我請他們至少等上了小學之後再來……可是，我無法嘲笑那個母親。因為打從品子出生時，我就想讓妳跳舞。不顧孩子自己的意願……」

「這是孩子自己的意願喔。四、五歲時，我已經想跳舞了。」

「這都是因為母親是舞者，而且舞蹈發表會時，妳才這麼小……」

波子說著，把手掌平放到膝前，

「我就牽著妳的手去看過……」

然而，什麼樂器神童，其實都是父母製造出來的。尤其是日本的才藝，舉凡家主、流派、頭銜等等，都是親子相傳，規矩眾多，孩子等於被命運束縛。

關於品子和自己，波子有時也不免從那樣的角度深思。

「打從這麼小……」

這次是品子自己把手比在前方，

「我就想像媽媽那樣跳舞了。得以一起上舞台時，我好高興。那已經是幾年前的事了……媽媽，我們再一起跳吧。」

「是啊。趁著媽媽還能跳，在舞台上，給妳當個配角吧。」

昨天沼田也勸波子舉辦春季發表會。

但是那筆費用該怎麼籌措，波子現在毫無頭緒。竹原的身影，常在心頭，所以波子擔心，可能會讓竹原牽扯上那個。

「我去找找看那幾個女學生有沒有來。我說技巧不同，想叫她們回去，可是她們居然說可以當作參考……我都嚇到了。」

品子起身走了。開幕鈴聲響時，她才回來。

「她們好像回去了。不過也可能在三樓……」

前面是短舞。《普羅米修斯之火》在第三部。

由菊岡久利創作，伊福部昭作曲，東寶交響樂團演奏。

這齣舞劇以四景描寫希臘神話中的普羅米修斯，從序曲的群舞就和古典芭蕾不同，吸引了品子的目光。

「唉呀，裙子連在一起。」

品子驚訝地說。

十個女人一起跳序曲，那些女人的裙子，竟然連接在一起。一條裙子中，有好幾個女人鑽在裡面跳舞。她們像活生生的波浪翻騰起伏，也朝旁邊忽伸忽縮，暗色的裙子，看似某種象徵性的前奏。

接著，第一景，是沒有火種的人們黑暗的群舞，到了第二景，是普羅米修斯用乾枯的蘆葦盜取太陽之火的舞蹈，得到那火種的凡人歡喜的群舞，就是第三景。

盜來火種給凡人的普羅米修斯，在結尾的第四景，被綁在高加索山的岩壁上。

第三景的火舞，是這齣舞劇的高潮。

黑暗的舞台正面，普羅米修斯的火種熊熊燃燒。那個火種，在人們的手裡不斷傳遞。得到火種的人群，最後擠滿舞台，跳出火的歡喜。五、六十個女人，再加上男人，手上紛紛高舉燃燒的火種跳舞，那火焰的色彩，也照亮舞台。

波子和品子都感到，舞台的火焰，彷彿也在自己心頭燃燒。

舞台裝都很樸素，所以昏暗的舞台上，赤裸的手腳動作，顯得格外鮮明生動。

這齣神話舞劇的火意味著什麼？普羅米修斯又意味著什麼？

結束後，品子回味留在腦海的舞蹈，一邊這麼試著思考，但是似乎任何意義都有可能。

「人類的火舞之後，到了下一場，普羅米修斯已經被綁在山上的岩壁了。」

品子對波子這麼說。

「被黑鷹吃掉肉和肝臟……」

「是啊。四景的架構也很棒。場景之間的轉換，給人深刻的印象。」

兩人緩緩走出去。

四個女學生正在等品子。

「咦，妳們真的來了？」

品子說著，看著少女們，

「我還去找過妳們呢。可是沒找到，我以為妳們聽話回去了……」

「我們在三樓。」

「噢？有趣嗎？」

「對。很棒，對吧？」

一名少女，一邊問其他少女，一邊說，

「可是，好像有點恐怖，也有點嚇人吧？」

「是嗎？快回去吧。」

可是，少女們繼續跟在品子後面，

「也有舞蹈家坐在三樓？」

「舞蹈家，是誰……？叫什麼名字？」

「好像叫做香山，對吧。」
那個少女，再次像要徵詢般看著其他少女。
「香山先生……？」
品子不由駐足。

「妳怎麼知道是香山先生？」
品子轉頭，凝視少女。
「是我們旁邊的人說的。說香山來了……那個人，應該是香山吧……」
「是嗎？」
品子和顏悅色說，
「那個說香山來了的人，是什麼樣的人……？」
「妳說那個講話的人……？我沒仔細看，不過應該是四十歲左右的男人。」
「叫做香山的人，妳也看見了？」

「對，看見了。」

「是嗎？」

品子感到心頭一緊。

「旁邊的人，看著那個叫做香山的人在議論，所以我們才跟著看那邊。」

「議論了什麼？」

「那個叫做香山的人，是舞蹈家吧？」

少女像要詢問般看著品子，

「好像是說到那個人的舞蹈，還說他現在不知在做什麼，放棄跳舞，真可惜……？」

十三、四歲的女學生，當然不認識香山。戰後，香山沒有跳舞。香山已被埋沒。

那個香山，竟然在帝國劇場的三樓，似乎令人難以置信，品子對波子說，

「真的是香山先生嗎？」

「也許是吧。」

「香山先生來看《普羅米修斯之火》？」

品子說。不像在問波子，倒像在問自己，聲音逐漸低沉。

「他在三樓……應該是不想被人看見吧？」

「也許吧。」

「就算偷偷躲藏，還是想看舞蹈，這表示香山先生的想法改變了……？他是特地從伊豆來東京的吧？」

「誰知道？說不定是來東京有事，順便過來。也許是在哪看到《普羅米修斯之火》的海報，所以過來看一下？」

「他不是那種順便看一下的人。香山先生來看舞蹈，一定有他的想法。絕不會錯。說不定，我們的公演，他也偷偷來看過……？」

波子感到，品子正浮想聯翩。

「香山先生看舞蹈看得很起勁……？」

品子問少女。

「不知道。」

「他是什麼樣子？」

「穿西服吧……？我們沒有看那麼仔細啦，對吧。」

少女和其他少女面面相覷。

「那個人，來到東京，卻不通知我們？有這種事嗎……？」

品子似乎很傷心，

「而且，我們在二樓，香山先生在三樓，我卻毫無感覺。為什麼？」

說完，她忽然把臉湊近波子，

「媽媽。香山先生一定還在東京車站。我可以去找他嗎……？」

「是喔？」

波子哄小孩般回答。

「香山先生如果是偷偷來的，還是別去打擾他比較好吧？他應該不想被人發現。」

可是，品子坐立不安，

「拋棄舞蹈的香山先生，為什麼又來看舞蹈，光是這點，我就想問清楚。」

「那妳立刻趕去試試？就是不知道他在不在車站……」

「沒事。我先去找找看。媽媽，您隨後再來……」

品子說完，加快腳步，一邊對四個女學生說，

「妳們幾個，也趕快回家吧。」

波子對著品子的背影呼喊，

「品子，在車站等我……」

「好。我會在橫須賀線的月台。」

品子小跑步走了，但她轉頭，發現母親的身影遠去，這次真的拔腿就跑。

越是加快腳步，越覺得香山肯定就在東京車站，而且，總覺得他隨時會消失。

隨著呼吸越來越急促，品子的胸口起伏，隨著那起伏，似有無數火焰搖曳。

《普羅米修斯之火》的舞台上，人們紛紛舉手舞動。那火焰，看起來，就

在自己的體內。

成群火焰的彼方，香山的臉孔，忽隱忽現。

兩側的舊洋房，幾乎都被占領軍使用。昏暗的路上，幸好行人不多，品子一路狂奔。

「fouetté en tournant（鞭轉），三十二次，三十二次……」

她低喃，藉此排遣痛苦。

在《天鵝湖》的第三幕，化身為天鵝公主的惡魔之女單腳踮立，一邊轉圈一邊跳舞。能夠鞭轉三十二次，或者優美地旋轉更多圈，成了芭蕾女舞者的驕傲。

品子還沒有資格跳《天鵝湖》的主角，但是這個增加轉圈次數的練習，她經常做，所以才會在喘不過氣時，習慣性喊「三十二次」，藉此激勵自己。

來到中央郵局前，品子放慢腳步。

她東張西望著走上橫須賀線的月台後，湘南電車正等著。

「一定是這班電車。啊，幸好趕上了。」

品子才剛平息呼吸，立刻沿路檢視電車的每個窗口。即使看過一次的車廂，也耿耿於懷，總覺得站著的人影之中，或許就有香山。

還沒走到車尾，發車的鈴聲已響起。品子連忙跳上車。

「啊，媽媽……」

她這才想起和波子約好在這個月台會合，

「搭到大船那一站就好。」

品子站在車廂的走道，環視乘客。

香山一定在這班電車上，所以品子決定仔細搜尋。

在新橋車站，電車更擁擠了。

電車抵達橫濱前，她走遍每節車廂尋找。

然而，並沒有看見香山。

「難道是下一班火車或電車……」

香山想必很久沒來東京了，說不定會去銀座一帶逛逛。

在橫濱車站，品子猶豫是否該換乘下一班火車。可是，她還是覺得香山在這班電車上。只看一次，或許看漏了？來到大船，要下車時，品子越發這麼想。

她逐一搜尋電車的窗口，一邊走過月台。電車開動時，她駐足眺望。隨著窗內的人影迅速流逝，品子似乎被這班電車吸過去。

這是開往沼津的車，所以香山必須在熱海換乘伊東線。品子如果也搭這班電車，在熱海車站或伊東車站，突然站在香山面前……

品子就這樣目送電車半晌。

電車消失後，夜晚的野地，彷彿浮現普羅米修斯的身影。

是被綁在高加索山巨岩上的普羅米修斯。被禿鷹啄食肉和肝臟，被風吹雪打。山腳有一頭白色的母牛經過。天神的妻子朱諾因為嫉妒，把美麗的少女伊俄變成這個模樣，成了母牛。普羅米修斯對母牛伊俄說：去南方吧，進而去遙遠的西方，去尼羅河畔。在那裡，母牛將會變回少女的模樣，成為國王的妃子，她的血脈，會生出勇士海克力士，砍斷普羅米修斯的鎖鏈。

母牛伊俄由宮操子飾演。那如訴如慕、蘊含某種哀惋之謎的舞蹈，呈現在品子的眼前，她莫名感到，自己就是伊俄，香山就像是普羅米修斯。

品子換乘橫須賀線，立刻在北鎌倉下車，等候母親。

「啊，品子，妳坐到哪去了？」

波子鬆了一口氣說。

「我搭湘南電車。匆忙趕去東京車站時，湘南電車正要發車。我想香山先生一定在那班車上，所以就跳上車了。」

「結果，香山先生在嗎？」

「他不在車上。」

出了車站，往圓覺寺的方向走，直到越過鐵軌，兩人都沒說話。

看著那裡的櫻樹在小路落下影子，波子說。

「在東京車站，不是沒看到妳嗎？我當時還以為，妳和香山先生一起走了。」

「如果和香山先生在車站遇見，我一定會等媽媽。」

品子回答，但是聲音帶著悽惶。

今晚，彼此坐在帝國劇場的二樓和三樓，使得品子感到，香山忽然逼近身邊。

兩人回到家，只見矢木坐在客廳的暖桌前，和高男面對面。

高男的表情有點不自在，

「妳們回來了。」

說著，他仰望波子，

「今天見到松坂，他還叫我問候媽媽。」

「是嗎？」

矢木看似心情不佳，沒有吭聲。父子倆之前似乎在談論波子。

波子感到氣氛令人窒息。

「松坂很驚訝媽媽這麼漂亮。」

高男說。

「我才驚訝他的俊美呢。他是高男的什麼朋友……？」
「還能是什麼朋友……？」
高男的眼睛似乎蒙上陰影，忽然羞澀了。
「我和松坂在一起，覺得很幸福。」
「是嗎？那孩子，會讓人感到幸福……？媽媽倒覺得，他看起來像妖精……男孩子不是有從少年過渡到青年的時期嗎？有人是突然轉變，也有人的變化並不明顯，形形色色。可是，那個人，轉變的階段，好像格外與眾不同。」
「高男也正處於那個轉變階段吧。」
矢木從旁說。
「妳要好好照顧他。」
「是……」
波子看矢木。
「今晚也是和竹原一起去的嗎？」

「不，和品子……」

「嗯。今晚是和品子啊。」

「對。品子來舞蹈教室約我一起去……」

「是嗎。和品子去倒是沒關係，不過，最近妳和高男一起出去過嗎？除了妳和竹原同行，遇見高男，一起回家的那次之外……？」

波子努力壓抑幾乎顫抖的肩膀。

「妳想和高男分開嗎？」

「啊……？當著高男的面，你在說什麼？」

「無所謂。」

矢木平靜地說。

「從高男生下來到現在，已經二十年了。這段期間，說到家人，不是只有我們四人嗎？真希望彼此能夠互相珍惜，好好過日子。」

「爸爸。」

品子喊道，

「如果爸爸願意珍惜媽媽，大家當然可以互相珍惜。」

「嗯……？我就知道品子會這麼說。可是，品子妳根本不懂。在妳的眼中，妳媽看起來就像是爸爸的犧牲品吧。可是，事實並非如此。常年做夫妻，不可能只有其中一方片面犧牲另一方。多半，都是互相拖累。」

「互相拖累……？」

品子凝視父親。

「互相拖累，就不能互相扶持、重新站起嗎？」

這次，是高男插嘴。

「問題就在這裡……女人明明是自己垮下，卻認為是丈夫把她推倒的。」

「而且，因為覺得被丈夫推倒，於是想借助他人之手站起來。雖然明明是自己垮下的。」

矢木重複同樣的說詞，中間卻插入「他人之手」這句話。

「爸爸和媽媽都沒有垮下。」

品子皺著眉頭說。

「是嗎。那麼，妳媽大概是正搖擺著站不穩吧。品子。我知道妳偏心媽媽，但是妳媽和竹原維持奇妙的來往，妳認為沒關係嗎？」

「我認為沒關係。」

品子明確回答。

矢木沉穩地微笑。

「高男呢？」

「我不想聽到那種問題。」

「說得也是。」

矢木點點頭，但是高男尖銳地追問，

「可是，媽媽搖擺不定，是事實吧。爸爸不也看到了嗎？我們家的生活越來越困苦，爸爸卻好像假裝沒看到。那讓我很難過。」

矢木撇開臉，迴避高男的注視，仰頭看著波子頭上的匾額。那是良寬[2]的墨寶，寫的是「聽雪」二字。

「不過，那其實也是有歷史的。這二十年的歷史，高男你根本不知情。」

「歷史……？」

「嗯。我不太想說，但在戰前，我們家也算是過著奢華生活。可是，奢華過日子的，是你媽媽，不是我。我從來沒想過要錦衣玉食。」

「可是，我們家變得生活困苦，並不是因為媽媽奢華度日吧。那是戰爭造成的。」

「那當然。我沒有那樣說。我只是想說，即使在我們家的奢華生活中，我一個人，在心理上，始終過著貧窮的生活。」

高男似乎卡住了，

「啊……？」

「在這點，品子固然不用說，就連高男，也盡得你媽奢侈的真傳。等於是三個富人，養活一個窮人吧。」

2 良寬（1758-1831），江戶後期的僧人、詩人、書法家。

「您這麼說……」

高男詞窮。

「我實在不懂，但我覺得，對爸爸的尊敬，好像受到傷害。」

「我以前是波子的家庭教師。從那時開始的歷史，高男你並不知情。」

波子對矢木說的話，每一句都很有感觸。

不過，丈夫為何一反常態講出這種話？波子不明白。聽起來似乎是積壓許久的憎惡終於爆發。

「你媽媽或許認為二十年來受我傷害。但是，其實也未必吧。如果照你媽媽那樣想，品子和高男的出生，不也等於是錯誤的嗎？你們兩個，要為此向媽媽道歉嗎？」

波子感到，連靈魂最底層都逐漸發冷。

「我和高男兩人，要向媽媽道歉？為我們的出生，感到抱歉……？」

品子反問。

「對。如果妳媽媽後悔和我結婚的話……歸根究柢，不就變成那樣？」
「只需要向媽媽道歉，對爸爸，就不用道歉？」
「品子！」
波子厲聲喝斥品子。然後對矢木說。
「你為什麼要對孩子說那麼過分的話？」
「我只是打個比方……」
「是啊。」
這時，高男開口。
「說我們的出生云云，那種話，我就算聽了，也沒有真實感。爸爸也是毫無真實感地說說而已吧。」
「這是打個比方嘛。兩個孩子都滿二十歲了。儘管如此，你們的媽媽依然對我不滿意，女人的幻想力如此堅定不移，令我驚嘆。」
波子似乎很錯愕，不知如何應對。
「竹原那種人，只不過是平凡的俗人吧。那個男人的可取之處，大概就是沒有和波子結婚吧。換言之，他是妳幻想的人物。」

矢木鄙薄淺笑。

「射進女人心裡的箭，難道就拔不出來了嗎？」

波子不懂他在說什麼。

「兩個孩子，都滿二十歲了。」

矢木再次重申，

「從妳未婚時算起，二十年的光陰，幾乎是女人的一生，可是妳卻沉溺於無聊的幻想，事到如今就算後悔，也來不及了吧。」

波子低頭。

她幾乎完全摸不透丈夫的真意。矢木說的話，雖然每一句話都若有所指，卻又似乎毫無一貫的關聯。

他雖然指責竹原一事，卻令人懷疑，他似乎是用冷靜的嘲諷，在玩弄波子。

然而，波子覺得，似乎也看見了矢木自己的空虛與絕望。矢木從來不曾這樣失控、自暴自棄地說話。

波子從未見過，矢木當著孩子的面自曝其辱。

矢木似乎想讓孩子承認，波子如果受傷了，矢木也同樣受傷；波子如果垮下了，矢木也同樣垮了，但他那種說話方式，不知品子和高男聽了，又是什麼反應。

「既然你說希望四人互相珍惜……」

波子語帶顫抖，再也說不下去。

「品子和高男，都該好好想想。以你們媽媽的做法，再過不久，就得賣掉這房子，大家都將失去一切。」

矢木吐露真心話。

「沒關係，媽媽，所有的一切，都盡快脫手吧。」

高男說著，挺起肩膀。

這個房子，沒有大門，也沒有圍籬。小山環抱院子，山丘的缺口，自然而然變成入口。位於山中腹地，冬天溫暖，陽光普照。

入口的右邊和左邊，都有獨棟小屋。右邊的別屋，雖說本來是別墅管理員的住處，還是看得出波子的父親有多喜歡蓋房子。戰後也曾租給竹原。現在是高男在使用。波子想賣的，就是這棟別屋。

左邊的別屋，現在是品子獨居。

「姊。我可以去妳那邊一下嗎？」

走出主屋後，高男說。

品子用火鏟拿著火種，那朵火光，在陰暗的院子，照亮大衣的鈕扣。

品子低著頭，一邊給火盆添炭，手卻在抖。

「姊。對於爸爸媽媽，妳是怎麼想的？事到如今，我已經不驚訝，也不難過了。因為我是男人……對於家庭，對於國家，都沒有夢想。就算沒有父母的關愛，我一個人也能活。」

「關愛當然有。無論是媽媽或者爸爸……」

「那是沒錯。但是，爸爸和媽媽之間，如果有感情，並且合而為一，灌注在孩子身上還好，如果是兩股感情各自灌注，我為了理解爸爸和媽媽雙方，會很累。對於當今這個不安的世界，我們這個不安的年紀來說，套用爸爸剛才的抱怨，都已經結婚二十年了，夫妻之間的不安，到底是什麼？如果要道歉自己不該出生，那也是對自己道歉吧。是對時代的不安道歉吧。不關父母的事。當今孩子的不安，不可能指望父母來撫平。」

高男越說越激動，同時也在拚命吹火。

灰燼揚起，因此品子抬起頭。

「媽媽說長得像妖精的那個松坂，他一看到媽媽，就跟我說媽媽在戀愛……是慘痛的戀愛。松坂還說，看媽媽這樣，就能感到人類的鄉愁。他說從媽媽戀愛的模樣，可以感覺到愛情……與其說他喜歡媽媽，不如說是喜歡媽媽的愛情吧。因為松坂雖然虛無，卻是雨打嬌花的那種虛無……或許是被松坂的魔力感染，我也不再感到媽媽的戀愛有那麼不純潔了。媽媽應該很恨我替爸爸監視她吧？」

「怎麼會恨你……」

「真的嗎？我的確在監視媽媽喔。我偏袒爸爸，的確很尊敬爸爸，但我尊敬的是被媽媽伺候的爸爸。被媽媽背叛的爸爸，令我幻滅。」

品子彷彿心頭一痛，看著高男。

「不過，已經無所謂了。姊，我也許會去夏威夷念大學。爸爸正在替我找門路。如果繼續待在日本，他似乎怕我會變成共產主義者。爸爸說，在事情定案前，叫我先瞞著媽媽。」

「什麼！」

「爸爸自己，也想去美國的大學當老師，正在四處設法。」

高男的夏威夷之行，以及矢木的美國之行，高男說，都還不確定，但是矢木居然瞞著波子和品子有那種企圖，令品子很驚訝。

「你們要丟下媽媽和我……？」

她呢喃。

「我覺得妳最好也去法國或英國。把這房子，還有媽媽的東西，統統賣掉……縱使留在這裡，反正，遲早也會失去……」

「一家離散……？」

「就算待在一個屋簷下，不也早已各自離心了。就像在逐漸沉沒的船上，人人各自掙扎逃生……」

「照你現在的說法，是要拋下媽媽一個人在日本？」

「會那樣嗎……？」

高男的聲音，很像父親。

「不過，媽媽自己，或許也想被解放。一生之中，哪怕是短暫的片刻也好，何不讓她徹底一個人清靜一下？二十幾年來，她一直在養活我們三人吧？而且現在，她已經在叫苦了不是嗎……？」

「啊？你說話怎麼這麼冷漠？」

「爸爸似乎認為把我留在日本很危險。因為我們不像以前的人那樣，把國家視為驕傲或依靠。我覺得爸爸的看法很新穎，很欣賞。我不是為了出人頭地或學習而出國。待在日本，他覺得我可能會墮落，會破滅，為了避開那種危險，所以要把我趕出日本吧。夏威夷的本願寺，有爸爸的朋友在，應該會委託那人申請，我就留在那邊工作。在不用回到日本這一點上，爸爸和我的意見一致。成為外國人的想法，既像是希望，也像是絕望，爸爸想麻醉我。」

「麻醉……？」

「換個看法的話，爸爸等於想把兒子丟到國外，所以爸爸的心理，也滿誇張的。」

品子看著高男纖細的手。他握緊拳頭，摩擦火盆的邊緣。

「媽媽太天真了。」

高男漫不經心地說，

「不過，姊也是，既然要跳芭蕾舞，就應該趕緊出國去試試，否則還是會虛度一生吧。不管在世界的何處，一年就是一年。最近，我只要這麼想，對這個家就再也沒有留戀。」

父親之所以打算去美國或南美，高男說，應該是害怕下一次戰爭。

「姊，這個家的四個人，今後在世界的四個國家各自生活，想起日本的這個家時，不知會湧現什麼樣的感情。我感覺寂寞時，就會那樣幻想。」

高男回另一棟別屋去了，剩下品子一人，她擦去臉上的粉底，一邊把臉貼近鏡子，審視眼睛深處。

父親和弟弟，這些男人心底的暗流，有點可怕。

然而，閉上映在鏡中的雙眼，就看見被綁在山上巨岩的普羅米修斯，總覺得那是香山。

當晚，波子拒絕了丈夫。

長年來，她似乎沒有明確拒絕過，更沒有主動向丈夫求歡過，波子雖然開始覺得奇怪，卻當成身為女人的象徵，半已認命。可是，一旦試著拒絕，才發現拒絕根本不算什麼。只不過是當下情勢使然。

那當下也不知怎麼了，波子似乎反彈般跳起來，合攏睡衣的領口坐著。

矢木很錯愕，睜大眼睛看著波子，似乎想確認她的身體哪裡痛。

「這個地方，好像插了一根棒子。」

波子從胸口往心窩筆直摸下去說，

「請不要碰我。」

情急之下拒絕丈夫的舉動，波子自己也嚇到，臉都紅了。撫摸胸口的手勢，也很孩子氣。

她非常羞赧，看起來像縮成一團。

因此矢木沒發現，波子全身寒毛都豎起來了。

波子關掉枕畔的燈躺下後，矢木從身後溫柔撫摸她自稱「插了棒子」的胸部。

波子背部的肉，微微抖動。

「這裡嗎……？」

矢木說著，按住她繃緊的筋。

「我沒事了。」

波子扭轉胸部想避開，卻被矢木的手臂用力拉過去，

「波子，之前，雖然我一直說二十年、二十年，但我這二十幾年來，沒碰

過別的女人。我只被這個女人吸引，就男人的生涯而言，算是不可思議的例外，都只為這個女人……」

「請別用『這個女人』這種說法。」

「因為我無法想像還有別的女人，所以才說這個女人。這個女人，想必從來不會嫉妒。」

「我當然會。」

「妳為誰嫉妒過？」

波子不敢說，她現在就在嫉妒竹原的妻子，

「天底下沒有女人不嫉妒。就算對看不見的東西，女人也會嫉妒。」

然後，彷彿聽見矢木的呼吸，為了避開那氣息，她伸手掩耳。

「如果我們說品子和高男的出生是錯誤……」

「哼。我只是打個比方而已，不過，生了高男之後就再沒孩子出生，又是為什麼呢？照理說應該會再有孩子才對。我回想之下，打從妳開始迷戀舞蹈，就沒再生孩子了。沒錯吧？基督教的牧師說過，創造舞蹈的人是魔鬼，舞蹈的隊伍是惡魔的隊伍……如果妳放棄跳舞，就算是今後，說不定還能再生一兩個呢。」

波子似乎再次寒毛豎起。

時隔二十年，波子想都沒想過要再生孩子，但是被矢木一說，聽起來也像是心懷惡意，故意噁心她。

然而，那樣的錯誤，也不見得完全不會發生，波子感到恐懼。

波子和竹原在一起時，也曾忽然遭到恐懼的發作襲擊，但即使和矢木在一起，今晚，還是遭到恐懼的發作襲擊。

看完《長崎踏繪》後，波子對竹原呢喃「我再也不說害怕了」，就是在對竹原訴說，那激烈的變化，甚至足以令波子自己醒悟，以往的恐懼發作或許其實是愛情的發作。

可是，和矢木在一起時感到的恐懼，一點也不像愛情的發作。如果硬要追究和愛情的關聯，那或許是失去愛情後的恐懼吧。抑或，是在沒有愛情之處描繪愛情，那種幻想消失後的恐懼？

波子甚至也發現，人與人的厭惡，再沒有比夫妻之間的厭惡更切膚的恐怖。

那如果成了憎惡，想必是最醜陋的憎惡。

說來只是無關緊要的小事，但不知怎的，波子就是想起來了。

那是與矢木新婚不久時。

「大小姐連怎麼燒洗澡水都不知道吧。」

矢木說。

「把蓋子放進去，可以節省煤炭。」

接著，矢木拆毀啤酒箱，自己動手做浴缸蓋子。

他也仔細告訴波子，如何根據水溫冷熱調整煤炭的火力大小。

波子泡澡時，看到做工粗糙的蓋子浮在水上，覺得很髒。

矢木花了三、四個小時做蓋子。當時波子就站在他後面茫然看著，所以矢木的模樣，至今仍能想起。

在這個家的奢華生活中，矢木說只有他一人在心理上始終過著貧窮生活，這個告白，在今晚矢木說過的話之中，對波子的衝擊最大，聽了之後，彷彿腳下崩裂，被推落黑暗深淵。

二十幾年來，他吃波子的、用波子的，簡直像是執拗的憎恨，或是一種報復。矢木和波子結婚，是矢木的母親一手安排的，矢木似乎執著地完成了母親的企圖。

矢木用一如往常的方式，委婉地求歡，但波子繼續拒絕，

「你講出那種話，我很擔心品子和高男會怎麼想，我要去看看他們。」

她說著，起身走了。

真的來到院子後，仰望星空，波子覺得似乎無處可去。

緊貼著後山，有白雲低垂，狀似日本畫的洶湧巨浪。

佛界與魔界

品子走進父親的房間一看，矢木不在，壁龕掛著一幅陌生的書法。

「佛界，易入，魔界，難進。」

應該是這樣念吧。

走近一看印章，是一休。

「一休和尚……？」

品子感到些許親近，

「佛界易入，魔界難進。」

這次，她出聲朗讀。

禪僧說的話，她其實不太懂，但是佛界容易進入，魔界難以進入，這句話似乎說反了。不過，看著這樣寫出來的文字，用自己的聲音念出來後，品子也不禁恍然一驚。

無人的室內，似乎有那句話存在。一休的大字，彷彿正從壁龕，以活生生的眼睛瞪著她。

而且，室內留有父親剛剛還在的氣息，因此房間反而有種溫暖的寂寥。

品子悄悄在父親的坐墊坐下。怎麼坐都不安穩。

她用火筷撥動灰燼，冒出小朵炭火。是備前地區燒製的陶瓷手爐。

桌子角落的筆筒旁，立著小型地藏。

這尊地藏，本是波子的，不知幾時起，卻放在矢木的桌上。

高約七、八寸的木像，據說是藤原時代的作品。已經沾滿汙垢，變得漆黑。光頭的圓潤，是佛的圓潤。一手拿著比身材還高的枴杖。這支枴杖也是本來就有的，筆直的線條強悍聖潔。

從大小看來，也是可愛的地藏，但是看了一會後，品子開始害怕。

父親今早也這樣坐在桌前看地藏木雕，或者眺望一休的字嗎？品子試著想像，目光又移向壁龕。

第一個「佛」字，是用規矩的正楷寫的，但是到了「魔」字，已變成凌亂的行書，品子似乎真的感到魔氣，也有點害怕。

「是在京都買的嗎……」

這並非家裡原先就有的書法。

父親在京都發現了一休的墨寶？或是因為欣賞一休這句話，特地買來的？

壁龕旁放著似乎是原先掛在這裡的字畫。

品子起身過去看。是久海切[1]。

藤原的和歌墨跡，波子的父親也在這房子放了四、五幅，但只有久海切還留著，其他的全被波子賣掉了。久海切據說是紫式部寫的，因此矢木不捨得放手。

品子走出父親的房間後，再次低喃：

「佛界易入，魔界難進。」

這句話，是否和父親的心境有什麼關聯？這句話本身的意義，在品子想

1 久海切，相傳是紫式部《古今和歌集》的斷簡殘篇。

來，也有各種解釋，難以確定。

品子本來想和父親談談母親的事，母親去東京之前都待在練舞場，所以她才來父親的房間。

一休的書法，是否代替父親，做出了某種回答？

大泉芭蕾舞團的研究所，有兩百五十幾名學生。

這裡不像學校有固定的招生和入學時間，隨時可以加入，而且，也有人一直請假，或者再也不來，始終有學生進進出出，所以難以確定人數，總之絕對不少於兩百五十人。而且算起來只有越來越多。

除了大泉芭蕾舞團，可以說，東京主要的芭蕾舞團，基本上都有兩三百名學生。

不過，那麼多的學生，並非經過嚴格的考試才加入。他們只是和學習其他才藝的學生一樣想學芭蕾舞，輕易就能加入。至於少女本人是否適合跳芭蕾舞，最後是否能站上舞台表演，入門的時候，不會深究這些。

東京的芭蕾教室多達六百家，大的舞蹈教室學生甚至有三百人，自然有人會想，何不乾脆成立有組織的舞蹈學校，挑選素質好的學生，正規且嚴格地教育學生，但是似乎還沒有那樣的企劃。

此外，在大泉研究所，大部分的學生，都是女學生。是利用放學後來習舞。女學生班共有五班。

下面，有專收小學生的兒童班。

女學生班的上面，有兩個年紀和技術都更上一層樓的班級，再上面，是菁英班。

這個菁英班，正如其名，是芭蕾舞菁英，向來由研究所長大泉負責指導，一起學習，他們是這個芭蕾舞團的主要舞者，只有十人。

其中女性有八人，男性兩人，品子也是其中一人。品子的年紀最小。

菁英班的人，也以助教的身分，各自指導下面的班級。

除了這些班級，還有專科班。是專收社會人士的班級，年齡也參差不齊，芭蕾舞團公演時，這些人也因工作關係，無法上台表演。

品子每週有三次菁英班的課，再加上當助教的日子，幾乎每天都去研究所。研究所位於芝公園深處，從新橋車站走過去也要十分鐘左右。

今天心事重重，因此她沒有搭乘交通工具，茫然走來，只見研究所門口，站著一個媽媽，帶著看似小學五、六年級的女孩。

「請問，可以讓我們參觀教學嗎？」

「可以，請進。」

品子回答，看著少女。

應該是少女吵著想學芭蕾舞，母親才跟來吧。品子打開大門，讓那對母女先進去，這時，裡面有人喊她，

「品子，妳來得正好。正在等妳呢。」

喊品子的是野津。這裡的男性首席舞者。

野津是所謂的高貴舞者（danseur noble），換言之，是飾演公主的芭蕾女舞者的搭檔，扮演王子的角色，而野津也的確擁有相稱的貴族式容貌。結實的

窄腰至修長雙腿的線條，看起來很浪漫。能夠把芭蕾緊身褲的古典白色舞台裝穿得這麼好看，在日本人之中也很罕見。

不過，練習時，他都是穿黑色。

「今天太田小姐請假。我想著等妳來了，請妳彈鋼琴呢。」

野津說。有時候，他的說話方式有點女性化。

「可以嗎？」

「好。」

品子點頭，

「不過彈鋼琴的話，誰都可以彈。」

他說的太田，是每天替練習伴奏的女鋼琴師。

就算沒有鋼琴，靠著教師的口令和打拍子，也能做芭蕾舞的基本練習，何況也有很多舞蹈教室根本沒有伴奏，但在這裡，一向使用切凱蒂[2]的練習曲。

2　切凱蒂（Enrico Cecchetti, 1850-1928），義大利芭蕾舞蹈家兼教師。

有音樂和沒音樂的差別很大，習慣練習時有伴奏的學生，一旦沒有鋼琴，就會感到少了什麼。

品子對來參觀的母女說，

「這邊請。」

請對方在入口旁的長椅坐下後，她自己走到暖爐旁。

「品子，妳的臉色好像有點差？」

野津小聲問。

「會嗎？」

品子依然站著。

「請妳彈鋼琴，妳不高興？」

「不會。」

野津的頭上裹著綴有小圓點的深藍色絲綢。沒有打結，卻巧妙包裹頭部。這是為了防止頭髮亂甩，但即便在這種小地方，也能看出野津的時尚品味。

「雖然也有人會彈練習曲，可是……」

野津說著，從暖爐前的椅子半轉過頭，仰望品子。深藍色絲綢包裹著額頭，眉毛很漂亮。

他的意思，大概是在讚美品子的琴技吧。

品子自幼也跟著母親學鋼琴。

波子到了現在這個年紀，已經掌握正統的技巧，甚至覺得如果當鋼琴老師可能更輕鬆。波子早在年紀尚輕的二十年前，琴技就已超出業餘水準。

一般的舞蹈曲，品子也都會彈。切凱蒂的練習曲，是用來教授芭蕾基本動作的曲子，所以當然不難。況且，每天反覆聽了無數次，自己也經常彈奏，早已記在腦海。

品子不禁彈得心不在焉，野津立刻靠過來，

「怎麼了？彈得有點快。和平日不同。」

這個時間練習的，是在女學生班上面那兩班之中的B班，被稱為高等科。在公演的舞台上，她們是負責跳 corps de ballet（群舞）的人。

從這個高等科的B班可晉級到A班，進而跳得更好的人，就會被拔擢到品子他們的菁英班。

群舞之中，有芭蕾術語所謂大群舞的人，也有領舞的人。領舞就是站在群舞的最前面跳舞。

不過，菁英班的獨舞者，有時也會跳領舞，領舞的人有時也會被選中跳pas seul（獨舞）。

在大泉芭蕾舞團，兩百五十幾人之中，能夠上公演的舞台跳舞的，約有五十人。

說到高等科的B班，隨著學習的年資增加，技巧也逐漸累積。也已熟悉這個研究所的風格和教學方式。

況且，扶著把桿的基礎練習，總是反覆做一個動作流暢地進行，所以品子彈鋼琴時，也只是一如往常動動手指。

結果，卻被野津指責。

「對不起。」

品子道歉。

「快了一點……？會嗎？」

應該不可能吧？品子的表情，既意外，又難掩羞愧。

「也許只是我這樣覺得？因為妳心不在焉地彈琴，讓我也跟著有點心急……」

「哎呀，對不起。」

品子幾乎羞紅了臉，看著白色琴鍵。

「沒關係。不過，品子，妳有什麼心事嗎？」

野津低語。

「妳跳舞也是這樣喔。有時很沉重，跳著都感到呼吸困難。」

被這麼一說，品子真的感到似乎呼吸加快，心跳急促。

野津的汗臭味，更令品子幾乎窒息。

從野津靠近，品子驀然回神時，她就覺得汗臭味很刺鼻。

兩人一起跳舞時，野津的汗味有時還好，現在卻像是陳舊的霉味。

野津的練習服算是洗得很勤快。可是，現在是冬天，大概懶得洗吧。

「對不起。我會小心。」

品子討厭臭味，不客氣地說。

「待會再說……」

野津說著離開鋼琴旁，

「那，拜託妳了。」

品子用力彈琴。配合學生的腳步聲，自己也跟著晃動，跟上拍子。

練習的學生離開了把桿。

一如音樂慣用義大利語，在芭蕾舞界，用的是法語。

逐一對學生下令做舞蹈動作的野津，他的法語隨著品子的鋼琴聲似乎也變得越發優美，而品子也彷彿被野津的聲音帶動著彈琴。

野津蘊含甜美的聲音，逐漸高揚清亮，一再重複的「plie」（屈膝蹲）或「pointe」（踮腳尖）之類的發音，在品子聽來，也帶著夢幻的柔和。

野津不時用手打拍子，也會喊口令數數。

當那些聽來如夢中回聲，品子感到，學生的腳步聲似乎也倏然遠去……

「糟糕。」

她連忙看樂譜。

練習是一小時，但野津很熱心，延長了將近二十分鐘。

「謝謝，辛苦了。」

野津來到鋼琴旁，抹拭額頭。

新的汗臭味，令品子感到刺鼻。鼻子變得敏感，或許也是因為精神疲憊？

「接下來練舞場有一小時空檔吧。要不要休息一下，一起練習？」

野津說，但品子搖頭，

「今天不練了。我彈鋼琴。」

一小時之後，應該是女學生班，接著是社會人士班的課。

品子回到暖爐旁，只見入口旁的長椅，兩個來參觀的女學生起身走來。

「我們想拿一份章程……」

「好。」

章程是連同報名表一起給的。那個帶小學生來的母親，也對品子說。

「麻煩也給我一份。」

野津在練舞場的鏡子前，獨自練習跳躍動作。

還有跳起的同時，在空中雙腳相擊的entrechat和brisé動作，野津的brisé，做得很優美。

品子在暖爐前，靠著椅子，茫然旁觀。

負責帶後面班級的助教們，也來到練舞場，各自開始練習。

本以為野津走了，但他很快就換好衣服，從裡面出來。

「品子，今天妳先回去吧……我送妳。」

「可是，不是沒人伴奏嗎？」

「沒關係。總有人會彈。」

野津說著，一邊穿上本來抱在懷裡的大衣，

「就算看妳映在對面鏡子的神情，也知道妳很難過。」

品子以為，野津剛才是在看鏡中他自己的舞蹈動作，但他是否也對遠處映現的品子臉色，一直耿耿於懷呢？

他們朝著御成門的方向走下坡道，

「我要順便去我媽的舞蹈教室……」

品子說，但野津說，

「我也好一陣子沒見令堂了。我可以一起去嗎？」

然後，他攔下空車。

「上次和令堂見面，是什麼時候來著？當時還談到芭蕾舞者到底是結婚好，還是不結婚比較好。令堂說，不結婚或許比較好。但我說，戀愛還是該談吧……」

有一次，編排pas de deux（雙人舞）時，野津曾若無其事地對品子說，兩人跳舞真的很有默契，不知是當夫妻好，還是當戀人好，或者該當不相干的外人好。

專心跳舞的品子，忽然有點介意，身體變得僵硬，動作也變得不自在。一旦心裡有疙瘩，就無法再把身體交給男人安心跳舞。

芭蕾女舞者能夠以各種姿勢讓男舞者擁抱，被舉起，甚至被扛在肩上，同時，也有縱身跳起讓對方接住的動作，是完全交出身體，任由對方擺佈地跳舞，所以或許也等於以男女的身體，在舞台上描繪愛情百態。

高貴舞者扮演的騎士，甚至被稱為「芭蕾女伶的第三隻腳」，相對的，芭蕾女伶扮演戀人，與男舞者合為一體，將「第三隻腳」當作自己身體的一部分。

品子還不是大泉芭蕾舞團的當家芭蕾女伶或者首席舞者，所以野津特別想選她做雙人舞的搭檔。

旁人似乎也認為，兩人戀愛、結婚，是順理成章的發展。

品子雖是未婚小姐，但是對野津來說，說不定比結過婚更了解她的身體。品子的某些部分或許已屬於野津。

然而，品子在野津身上，感受不到男性魅力。

是因為搭檔跳舞太熟悉了？或是因為品子仍是未婚少女？

因是未婚少女，品子的舞蹈，難以展現女人味。每次被野津說了什麼，身體就會忽然僵硬。

兩人一起搭車，對品子來說，比兩人一起跳舞更尷尬。

更何況今天，她不想讓野津見到母親。

她不願讓野津看到，母親面帶憂愁或是煩惱的樣子。況且，品子也很擔心母親，她想一個人去。

「令堂真是好母親。不過，談到芭蕾女伶的結婚或戀愛，令堂似乎腦海立刻浮現的，就是品子妳的事……」

野津這麼說，也令品子感到心煩，

「會嗎。」

波子的舞蹈教室沒有燈光，但是門沒關。

波子不在。

天還沒黑，但是地下室一片昏暗，只有牆上的鏡子發出暗光，沿著對面的馬路，街頭的燈光照在橫長形的高窗上。

空蕩蕩的地板，看似清冷。

品子開燈。

「她不在嗎？已經回去了？」

野津說。

「對。可是……門沒有鎖。」

品子去小房間查看。波子的練習服掛在那裡。摸起來是冰涼的。

舞蹈教室的鑰匙，本來由波子和友子保管。通常，都是友子來得早，先把門打開。

友子離開後，母親將友子的那把鑰匙給了誰？母親的舞蹈教室鑰匙，品子之前也疏忽了，友子離去的不便，原來也影響到鑰匙嗎？

不過話說回來，向來一板一眼的母親，怎麼會忘記鎖門就走了，這令品子感到不安。

今天真是奇怪的日子。去父親房間，父親不在。來到母親的舞蹈教室，母親也不在。相繼出現的情況，加深了品子的不安。
人似乎直到剛才還在，還留著那人的氣息，反而令人空虛。
品子攬鏡自照，鏡中，似乎也是前一秒還有母親在。
「媽媽到哪去了？」
「天啊，好蒼白……」
品子被自己的臉色嚇到，但是野津還在，不方便補妝。
品子他們每次練舞都會流汗，所以幾乎不擦粉，口紅也很淡。很少化那種足以掩飾臉色的濃妝。
品子走到練舞場，點燃瓦斯暖爐。
野津倚靠把桿，以目光追隨品子，
「不需要生爐子。品子，妳也要回去了吧。」
「不。我想等等看我媽。」
「她會回來嗎？那，我也一起等……」
「我不知道她會不會回來。」

品子把水壺放到暖爐上，從小房間拿來裝咖啡的罐子。

「這個舞蹈教室不錯。」

野津說著，環視四周，

「學生大約有幾人？」

「六、七十人吧。」

「噢？前不久，我聽沼田先生說，令堂春天也要舉辦發表會……？」

「還沒有決定呢。」

「如果是妳母親要辦，我們也可以幫忙。畢竟這裡沒有男人吧。」

「對。沒有收男學生……」

「可是，發表會上，如果沒有男舞者，不覺得太冷清？」

「是啊。」

品子很不安，連話都不想說。

品子低著頭泡咖啡。

「舞蹈教室也用銀製咖啡杯組……？」
野津似乎嘖嘖稱奇，
「只有女孩子的舞蹈教室，好乾淨。令堂顯然很注重小節。」
被這麼一說才發現，銀製咖啡杯組也是，收拾得乾淨整齊。沒有大泉研究所那種活力。在那邊，大泉芭蕾舞團的多次公演海報，貼得牆壁花花綠綠，可是在這裡，只有外國芭蕾女伶的照片。就連從《生活》那類雜誌剪下的照片，波子都整齊地裝在畫框內。
「我上次看令堂的舞蹈，是什麼時候來著。大概是戰爭剛開始時吧……」
「應該是吧。戰事變得激烈後，我媽就沒再上過舞台。」
「那時是和香山先生共舞……」
野津似乎正努力試圖回想波子當時的舞蹈。
「如今想想，香山先生那時好年輕。正好是我這個年紀吧……？」
品子只是點頭。
「他和令堂，年齡想必差距很大，但是一點都看不出來。」

說到這裡，野津放低聲音，

「聽說香山先生以前也經常和妳跳舞……？」

「跳舞……？我那時還是小孩。談不上一起跳過。」

「品子妳那時幾歲……？」

「最後一次共舞……？十六歲。」

「十六歲……？」

野津像要吟味般複述。

「品子，妳忘不了香山先生？」

品子自己都感到意外地明確回答，

「對，忘不了。」

「是嗎？」

野津起身，雙手插在大衣口袋，繞著舞蹈教室走。

「我想也是。我就猜想是這樣。我很能夠理解。不過，香山先生已經不是我們這個世界的人了。對吧？」

「沒那回事。」

「那麼，品子和我跳舞，會覺得像在和香山先生跳舞？」

「沒那回事。」

「兩次都是同樣的回答啊。妳說沒那回事的意思是……？」

野津從對面筆直朝品子走來，

「那我可以等待？」

品子似乎有點畏懼野津的接近，搖頭說。

「怎能讓你等……」

「可是，我的等待，品子妳應該也早就知道了……況且，香山先生根本就不是妳的情人吧。」

香山不是品子的情人，被這麼一說，或許的確沒錯。

但是，野津的那句話，令純潔的品子反彈。

野津來到品子身旁之前，品子就已倏然站起。

「香山先生就算什麼人都不是，也無所謂。總之，我對其他人……」

「其他人……？我也是其他人？」

野津咕噥，就此轉向，朝旁邊走去。

品子看著牆上的鏡子映現野津的背影。脖子上，是格紋圍巾的紅色線條。

「品子，妳還在做少女的夢？」

品子在鏡中追逐野津身影之際，她感到自己的眼睛開始發光。不是為野津。毋寧，是湧現了拒絕野津的力量。

同時，也想戰勝自己內心的寂寞。

是什麼寂寞呢？內心某處，也有種令品子倏然繃緊全身的寂寞。

「我已經下定決心，在我媽沒說出我的舞蹈已經不行之前，我絕不考慮結婚。」

「在妳的舞蹈被判定不行之前……？和香山先生也是……？」

品子點頭。

野津走到對面的牆邊，一邊轉身，一邊看著品子點頭的動作。

「這是夢想吧，果然是大小姐……不過，如此一來，我和妳共舞的同時，也等於妨礙了妳的婚姻？所謂的大小姐，還真是給男人派了不可思議的任務呢。」

說著，他走過來，

「少騙人了。妳是因為心裡有香山先生，才說那種話……」

「我沒騙人。我想和我媽在一起。我媽對我的舞蹈灌注了二十年心血。」

「妳的舞蹈，交給我……」

品子對此似乎也點頭同意了。

「那麼，我就姑且相信妳的話吧。和我搭檔跳舞的期間，妳不會打算和香山先生結婚吧……？」

品子皺起眉頭，凝視野津。

「我愛妳。妳愛香山。可是，妳和我跳舞的期間，這樣的愛，兩者，都被壓抑。如此看來，品子和我的雙人舞，是怎樣的幻影呢？是兩種愛的虛無流動嗎？」

「一點也不虛無。」

「總覺得，像脆弱的幻夢。」

然而，品子眼中的光芒，打動了野津。和剛才截然不同，神情也神采奕奕。逼近的美麗中，只有眼皮帶著哀愁。

「我會邊跳邊等妳。」

品子眨眼，微微搖頭。

野津把手放到品子的肩上。

品子回到家，發現高男的別屋亮著燈，

「高男，高男。」

她試著呼喚。

遮雨板內，高男回答，

「姊？妳回來了。」

「媽呢……？回來了嗎？」

「還沒吧。」
「爸呢……？」
「他在。」
品子彷彿要逃避高男準備開門的聲音，
「沒事，沒事。待會再說……」
院子已被夜色籠罩，品子不想讓自己不安的模樣被高男看見。
開門聲靜止。
然而，高男似乎站在走廊，
「姊，上次，不是提到崔承喜嗎？」
「對。」
「崔承喜在十二月三日的《真理報》有投稿喔。」
高男像發生什麼天大的事件般說。
「噢？」
「也提到了女兒之死。她說女兒去蘇聯公演時，在莫斯科，曾經受到如雷掌聲……崔承喜的舞蹈教室，學生好像有一百七十人。」

「是嗎？」

就算崔承喜在蘇聯的報紙投書，品子也沒有像高男那樣激動地拉高嗓門。

不過，品子用不安的目光，眺望朦朧映現寒冬梅枝的遮雨板，

「爸爸吃過飯了？」

「對。和我一起吃的。」

品子沒有回自己的別屋，先去了主屋。

今晚，還沒有見到母親，就先去見父親，總覺得有點不安，這麼一想，品子反而在說完「我回來了」後，也不好意思立刻離開父親的房間，

「爸，我中午也來過你的房間。我以為你在……」

「是嗎。」

矢木從桌前回頭，身體轉向手爐的方向，似乎在等待品子說話。

「爸。那個一休的佛界、魔界，是什麼意思？」

「妳問這個……？這句話很有意思吧。」

矢木說著，沉靜地看著壁龕掛的書法。

「爸爸不在時，我一個人望著那幅字，覺得有點不舒服。」

「嗯……？為什麼？」

「佛界，易入，魔界，難進，是這樣念沒錯吧？這個魔界，是指人類的世界……？」

「人類的世界……？魔界嗎？」

矢木似乎很意外，如此反問後，

「或許吧。就算是那樣也無妨。」

「像個人那樣地活著，為什麼會是魔界？」

「妳說像個人，但人在哪裡？也許全都是魔。」

「爸爸就是抱著這種想法，看這幅書法？」

「怎麼可能……這裡寫的魔界，應該就是魔界吧。是可怕的世界。所以才說比佛界難以進入。」

「爸爸想進入嗎？」

「妳問我想不想進魔界啊。這個問題是什麼意思？」

矢木神色安然，溫和地微笑。

「既然妳認定妳媽媽會進佛界，那我進魔界也可以……」

「哎呀。我不是那個意思。」

「佛界易入，魔界難進，這句話，令我想起『善人成佛，何況惡人』這句話。不過，意思好像不同。一休的這句話，應該是拒絕感傷主義吧。拒絕妳媽和妳這種人的感傷主義……以及日本佛教的感傷和抒情……或許是嚴厲的戰鬥之言。對了，十五日會那次展出普賢十羅剎圖時，品子妳也去了吧。」

「是。」

北鎌倉的住吉這名骨董美術商，每月十五日都會照例舉辦茶會。古董商和雜貨商輪流點茶，在關東，已經成為主要的茶會之一。

東道主住吉，是擔任東京美術俱樂部社長的美術商元老，為人淡泊脫俗，頗有禪宗和尚的做派，有些地方比茶道宗師更像茶人。十五日的茶會，就是靠這位住吉老人的人品支撐。

矢木住得近，因此心血來潮時就會去。本來屬於益田家的普賢十羅剎圖，在壁龕展示的那天，也邀了波子和品子一起去。

「那是妳媽媽的喜好吧。圍繞著騎白象的普賢菩薩的十羅煞，全都是穿著十二單衣的美女。是照著當時宮中女子的外型如實描繪。那是具有藤原時代華美感傷的佛畫。可以看出藤原的女性趣味、女性崇拜。」

「可是，媽媽不是說過嗎，普賢的臉孔，太漂亮了，反而不是好事。」

「會嗎。普賢是美男子，而且描繪得像個美女。阿彌陀如來從西方淨土來迎接的來迎圖，想必也是藤原風格的憧憬幻影，也有滿月來迎這個說法。藤原道長死時，從彌陀如來的手中垂落絲線，自己握著絲線的尾端[3]。《源氏物語》就是在那個道長的時代誕生的，我年輕時雖然研究源氏，卻是野蠻的窮人家兒子，和藤原的風雅與哀憫無緣，粗俗不文，所以似乎還被妳媽媽嫌棄呢。」

3 據《榮花物語》記載，道長晚年自知死期將至，入法成寺阿彌陀堂，以線連接阿彌陀像和自己的手，像釋迦涅槃那樣躺臥，於誦經聲中往生。

矢木說著，看著品子的臉，

「來迎圖中，來迎接人類靈魂去極樂世界的眾神，裝扮華美，手持樂器，擺出翩翩舞姿。女性之美，盡現於舞蹈，所以我沒有阻止妳媽媽跳舞。可是，女人不會用精神舞蹈，只用肉體跳舞。長年來，看著妳媽，顯然也是如此。比起當尼姑，女人絕對是跳舞時更美。僅此而已。妳媽的舞蹈，只不過是她的感傷主義，是日本式的……品子妳的舞蹈，也是青春夢幻的無稽幻想吧。」

品子很想反駁。

「在魔界，如果沒有感傷，那我會選擇去魔界。」

矢木隨口說。

主屋裡，只有矢木的書房和波子的起居室、客廳，以及儲藏室和女傭房，別無其他。

因此，只能把波子的起居室當成夫妻倆的臥室。

這裡以前是波子娘家的別墅，當時這個六帖房間，按照女性的閨房佈置，還用舊的布片貼在牆壁下半部裝飾。不過雖說是舊布，想必原本也是元祿時代以後的江戶時代女用華麗外袍。

最近，波子躺著看那用彩色絲線縫製的古老花色，總會感到寂寥。因為那些舊布片太女性化。

拒絕矢木後，就寢對波子而言，成了痛苦。

從那次之後，矢木再也不曾向波子求歡。

矢木算是早睡早起的人，通常，波子會比他晚睡，儘管如此，在波子就寢之前，他還是醒著，有時會出聲對她說話，然後才睡著。

有時深夜在品子的別屋聊得起勁，波子也會說，

「妳爸爸睡覺的時間到了。」

然後就回主屋去。不睡覺還在等她的丈夫，令她無法安心。長年的習慣，早已深入骨髓。

對波子來說，如果去臥室，矢木沒有對她發話，她反而還會覺得奇怪。

可是現在，連那個習慣，都讓波子害怕。矢木如果從被窩說了什麼，波子

就會嚇一跳。心臟彷彿都僵硬萎縮地鑽進被窩。

「我不是罪人。」

儘管內心這麼對自己呢喃，還是忐忑不安。不自覺傾聽矢木鼾聲的自己，究竟犯了什麼罪？

波子連翻身都不敢，又在等待什麼呢？在等待矢木熟睡？抑或等待矢木向她求歡？

如果被索求，恐怕又會拒絕，波子害怕那樣的爭執。然而，沒被索求，好像也同樣恐怖。

在矢木睡著之前，波子無法安心入睡。

今晚，她在品子的別屋聊天，即使丈夫就寢的時間到了，也沒有回主屋。

「我聽妳爸爸說，妳對他掛在壁龕的書畫有怨言……？」

「咦？爸爸竟然說我抱怨？」

「對。他兩三天之前說，因為品子不喜歡，所以要換一幅……」

「咦……？我只是問爸爸那是什麼意思而已。爸爸說了很多，可是我聽不太懂。他說媽媽和我的舞蹈是傷春悲秋的感傷，讓我很不服氣。」

「感傷……？」

「他是那麼說的。他的意思好像是說，跳舞這件事本身，就是感傷吧……？」

「是嗎……？」

波子想起，早在十五年前，曾經聽矢木說過，女人可以藉由跳芭蕾舞鍛鍊身體，藉此取悅丈夫。

二十幾年來，「除了這個女人」沒碰過別的女人——被矢木這麼說時，波子只顧著設法閃避丈夫的擁抱，或也因此，只覺得他說的話聽來格外黏纏、迂迴執拗。

然而，事後想想，矢木說的沒錯，的確，就男人而言，他或許是「不可思議的例外」。波子「這個女人」，算是有幸遇上例外嗎？

波子沒想過去懷疑丈夫說的話。她相信那應該是真的。

可是，如今那卻無法讓她感到幸福。好像只覺得沉重的壓力。
那反而是矢木性格異常的一種象徵吧？波子和丈夫保持距離，冷靜審視。
「我們的舞蹈如果是感傷，那我和他共度的這些年，難道也是感傷……？」
波子說著，歪頭思忖，
「最近，我好像太累了。不到春天，大概提不起精神。」
「是爸爸讓媽媽太累。爸爸正從魔界看著媽媽喔。」
「從魔界……？」
「和爸爸說話時，不知怎麼搞的，我的生命力，好像也逐漸喪失。」
品子說著，把長髮用緞帶綁起又鬆開。
「爸爸是靠著吃媽媽的靈魂活著喔。」
波子似乎被品子的這種說法嚇到了。
「總之，背叛爸爸的，好像是我，對品子，這點媽媽也必須道歉……」
「爸爸或許是在等大家累垮？」

「怎麼可能……不過，這房子，恐怕也會在近日之內賣掉。」

「最好趕快賣掉，在東京蓋個舞蹈教室。」

「感傷的舞蹈教室……？」

波子咕噥。

「可是，爸爸反對喔。」

深夜兩點多，波子才回到主屋。

矢木已經睡著了。

波子在黑暗中穿上冰冷的睡衣。

即使躺下後，眼皮至額頭一帶，好像還是發冷。

雖然品子說，

「媽媽，妳就在我這裡睡吧。爸爸一定已經睡了。」

「這才真的是流於感傷，會被妳爸爸笑話喔……」

最後，雖然回到主屋睡覺，但波子落寞地想，要是能像年輕女孩那樣，和品子一起待到天亮該多好。

她一直睡不著，似乎是在恐懼矢木醒來。

早上，波子醒來時，矢木已經起床了。這是從未發生的情形。

波子嚇了一跳。

深刻的過去

波子和竹原去四谷見附附近老家被燒毀的舊址時，有風吹過。

波子撥開過膝的枯草，一邊尋找舞蹈教室的基石，一邊說，

「以前鋼琴就放在這一塊，對吧。」

她說得就像竹原理所當然應該知道。

「當初能搬運時，要是趁早搬到北鎌倉就好了。」

「事到如今還說這個幹嘛。都已經是六年前的事了……」

「可是，史坦威那種大型鋼琴，現在的我，根本買不起，而且那台鋼琴也有很多回憶。」

「小提琴一手就能拎走，可是就連那個，我都燒掉了。」

「是瓜達尼尼吧？」

「是瓜達尼尼。圖爾特的琴弓，想想也很可惜。當初買那個時，日幣正強

勢，美國的樂器公司為了賺日幣，還專程把樂器送來日本。我把相機賣去美國時，遇到難堪的待遇，就會想起那時的風光。」

竹原壓著帽簷，背風站立，像要保護波子。

「每當我遇上痛苦，就會想起那首《春天奏鳴曲》。這樣站在這裡，彷彿從鋼琴燒毀的遺址聽見那首曲子。」

「是啊。和妳在一起，我彷彿也能聽見。我倆合奏《春天奏鳴曲》用的樂器，兩者都燒毀了。不過，就算小提琴保住了，我也已經不能拉琴了。」

「我對彈鋼琴也失去自信了……不過，如今連品子都知道，《春天奏鳴曲》有我和你的回憶。」

「那是品子出生之前吧。是深刻的過去。」

「如果春天我們真的要辦發表會，我會從與你有共同回憶的曲子當中，選我能跳的跳跳看。」

「萬一妳在舞台上跳得正精采時，恐懼症再次發作，那就麻煩了。」

竹原開玩笑說。

波子的雙眼閃亮。

「我已經不害怕了。」

枯草看似淒清蕭瑟，但隨著風吹過，款款搖曳夕陽的光芒。

波子的黑裙上，也有發光的枯草晃動。

「波子。就算找到舊基石，也無法建立原先那樣的房子喔。」

「是啊。」

「我把認識的建築師找來，讓他看看這塊地吧。」

「拜託你了。」

「新房子的設計，妳也要想想。」

波子點頭，

「你剛才提到深刻的過去，意思是已經深深埋在枯草中了……？」

「不是的。」

竹原似乎找不到適當的說詞。

波子轉頭看著斷垣殘壁，走回路上。

「那片圍牆，也不能用了。蓋新房子之前，必須拆除。」

竹原也轉頭說。

「大衣的下襬，沾了枯草的種子喔。」

波子拎起下襬，左看右看，但她先拍了拍竹原的大衣。

「妳向後轉我看看。」

這次，是竹原說。

波子的衣服下襬，沒有殘留枯草。

「不過，虧妳能下定決心建造舞蹈教室。矢木先生同意了？」

「不，我還沒告訴他……」

「那很困難喔。」

「是啊。如果蓋在這裡，等到完工時，我們這些人，會變成怎樣，還很難說呢。」

竹原默默走路。

「我和矢木，一起生活了二十幾年，孩子也都大了，可是，那並非我的一生。連我自己，都覺得驚訝。好像自己有好幾個。其中一個自己，和矢木生活，另一個自己，在跳舞，還有一個自己，或許一直想著你。」

波子說。

西風從四谷見附的陸橋那邊吹來。

拐向聖依納爵堂的旁邊後，外護城河的河堤，風被稍微擋住，但河堤上的松樹，似乎也在沙沙作響。

「我希望只有一個人。想把那好幾個自己，變成一個人。」

「竹原哥，你不勸我和矢木離婚？」

竹原點頭，看著波子。

「說到這個……」

竹原接腔，

「我啊，打從剛才，就一直在想，如果和妳不是多年相識，而是最近才初次邂逅，不知會怎樣。」

「啊……？」

「我之所以說深刻的過去，或許也是因為，腦中有那個想法。」

「和你，現在才邂逅……」

波子疑惑不解，轉頭看竹原。

「天吶，那種事情……我無法想像。」

「會嗎……？」

「天吶，年過四十，才第一次見到你……？」

波子的眼神悲傷。

「年齡不是問題。」

「我不要。」

「深刻的過去，才是問題。」

「可是，若是現在初相逢，你一定對我不屑一顧吧。」

「妳是這麼想的，波子……？我倒覺得，或許相反。」

波子心頭一痛，就此駐足。

他們已來到幸田屋的門口附近。

「那句話，待會你再好好解釋給我聽。」

然後，波子明明是走進旅館，卻想裝作若無其事。

「不覺得神情太肅殺……？」

長長的走廊中段，有裝飾架，上面陳列魯山人的陶器。有很多是志野和織部燒的仿品。

在幸田屋，全套餐具，都用魯山人的作品。

波子站在架子前，打量仿九谷燒的盤子，忽然在那邊的玻璃上，隱約看見自己的臉孔。眼睛清晰映現。似乎正閃閃發亮。

盡頭的庭院，園丁正在地上鋪枯松葉。

從那裡右轉，再左轉，從湯川博士住過的竹廳後面，來到庭院，

「矢木來時，據說就是用那個房間……？」

波子對女服務生說。

他們被帶去別館。

「矢木先生是幾時來的？」

竹原邊脫大衣邊問。

「從京都回來那天，好像順路來過。我聽高男說的。」

波子伸手從臉頰撫至脖子，

「被風吹得臉好乾……我失陪一下。」

去洗手間洗臉後，在隔壁的化妝間坐下。一邊迅速化上淡妝，波子試著想像，如果像竹原說的那樣，兩人是此刻才初次相遇。然而，波子怎麼都無法想像。

不過，兩人來到旅館深處的別館，卻沒有太大的不安，想必還是因為相識多年的親密感吧。抑或是因為這是熟悉的旅館？

從竹原的房間，飄來暖爐的瓦斯味。

隔著竹子庭院的對面房間，矢木也來過——波子的腦海浮現這個念頭，似乎也是為了撫平和竹原在一起的不安。

然而，矢木來過這個旅館之後，曾有段短暫期間，波子在陷入罪惡的恐懼同時，肉體反而火熱燃燒，如今連那個也結束了。

想起那個，波子臉紅了。她又打開粉餅盒，重新抹上厚重的粉底。

「讓你久等了……」

波子回到竹原身邊，

「連對面都聞得到瓦斯味。」

竹原看著波子的妝容。

「變漂亮了……」

「因為你說如果是初次邂逅會更好……」

波子說著，嫣然微笑，

「剛才的話題，我還想繼續聽你說呢。」

「妳是指深刻的過去……？換言之，如果是初次相遇，我可能會更不顧一切，奪走妳……？」

波子低著頭，感到心潮起伏。

「況且，我以前未能和妳結婚，也是一段傷心事。」

「對不起。」

「我不是那個意思。我已無怨尤和憤怒。正好相反。想到妳和別人結婚，二十幾年後還能像這樣見面，就覺得是深刻的過去……」

「深刻的過去？這句話你說了多少次了？」

波子說著，抬起眼。

「過去或許讓我成為古板的道學家。」

竹原說著，似乎又念頭一轉，

「從深刻的過去一直持續至今、始終沒有消失的感情，束縛著我。彼此各自結婚，而且，現在還這樣見面，似乎是不幸，但也或許是幸福。」

竹原也結婚了，事到如今，波子再次想起這點。竹原的婚姻，和波子的婚姻，想必不同。竹原應該不想毀掉家庭吧。

抑或，竹原也對婚姻幻滅，對於他和波子之間的關係，也害怕涉入過深，招來幻滅？

波子似乎只感到被竹原放棄，但是，就算沒有過去的回憶，兩人現在才初相遇，竹原那讓人感受到愛情的說話態度，似乎也拯救了現在的波子。

「打擾了。」

女服務生走進來，

「風好像很強，我把遮雨板關上吧？」

這棟別館，沒有玻璃門。

女服務生關上遮雨板時，波子也望向庭院，只見矮竹的葉片翻飛，不停搖曳。

「已是傍晚了。」

竹原將雙肘撐在桌上，

「我說的話，讓妳難過了嗎？」

波子微微點頭。

「那倒是意外。不過，其實妳和我在一起，也經常出現恐懼的發作吧。」

「我說過了，我已經不再害怕。」

「看到妳害怕的樣子，我很痛苦。彷彿忽然清醒過來告訴自己，啊，不可以……」

「可是，我發現，那或許其實是愛情的發作。」

「愛情的發作……？」

竹原緊追不放地說。

波子覺得，其實是愛情的發作，此刻，再次貫穿身體，令她幾乎顫抖。她嬌媚地害羞了。

「換言之，正好相反。既然如此，我說『正好相反』的心情，妳應該能夠理解。妳想想看，以前，我讓妳嫁給了別的男人。不是我叫妳嫁的，是妳自己的選擇，但是站在我的立場，也可以這麼說。因為我沒有搶走妳，只是冷眼旁觀……我太尊重妳，沒把握能夠讓妳幸福。這是年輕男人常犯的錯，但錯就錯了，到目前為止，一直是當作深刻的過去，只有我看見它的光芒……我對別的事情，明明不會這麼膽小，這麼卑怯，連我都覺得，虧我這些年能夠這樣悄悄地守護妳。」

「得你守護，我很明白。」

波子溫順地回答。心門半開，感覺有點遲疑。就算徹底敞開，竹原說不定也不會進來。

「真奇怪。這樣坐著，總覺得，以前好像曾經和妳結過婚。」

「啊……？」

「這種親密感，大概已滲入我全身。」

波子以目光同意。

「果然還是因為深刻的過去吧。」

「是我錯誤的過去……？」

「未必是那樣喔。因為彼此都無法忘懷……記得是去年吧，妳曾在信上寫到和泉式部[1]的和歌。」

波子很難為情，

1 和泉式部（976-1030），平安時代中期的女歌人。與清少納言、紫式部並稱三大才女。

「你還記得？」

相思卻分離，共處不相親，兩者相比較，不知孰更勝——這首和歌，是波子在《和泉式部集》發現的。

「雖然這首和歌有點過於理性……」

「不過，妳說要和矢木先生離婚，費了二十年光陰呢。結婚真可怕。」

波子幾乎變臉。她覺得竹原彷彿在批評，她連兩個孩子都生了。

「你在欺負我？」

「聽起來像欺負？」

「我現在，心情根本無法平靜。是赤裸裸地在發抖。不像你游刃有餘，還能夠回顧什麼深刻的過去。」

竹原在逗弄波子。波子多多少少有這種懷疑，令她感到心緒不寧。

竹原似乎在等著波子哭出來，投入他的懷抱。因此，波子哭不出來，也無法求助。然而，看著竹原游刃有餘的態度，波子似乎更加焦慮，更加惆悵。

都已經說自己赤裸裸地在發抖了，他為何還不擁抱戀人。

然而，波子並未失去理智。

今天和竹原見面，是為了現實的事務。她要找竹原商談，賣掉房子，蓋舞蹈教室。原先那塊地皮，竹原也要來勘查，所以才會在附近的幸田屋用餐。

更何況，竹原已有妻小。波子也沒和矢木離婚。

波子打從一開始，就沒想過要在熟悉的旅館犯錯誤。

不過，波子應該不會拒絕竹原吧。波子感到，不管何時何地，自己都已經任竹原擺佈了。

「妳說我游刃有餘……？」

竹原反問。

用餐後，正在削蘋果皮時，教堂的鐘聲傳來。

「是六點的報時鐘聲。」

波子在鐘響之際，放下刀子。

「入夜之後，風也安靜了。」

波子把削好的蘋果，放到竹原的面前。
「我必須見矢木先生吧？」
竹原說。波子很意外，
「為什麼？」
「無論妳要建造舞蹈教室，還是要和矢木先生離婚，靠妳自己，都無法解決吧。」
「不要。我反對……你別去見他……」
波子搖頭。
「我自己處理。」
「妳放心。我是以妳的老友的身分去見他……」
「就算是那樣也不行。」
「波子，妳應該需要一個代理人吧。我認為談判會很困難。不過，我也想試探一下矢木先生的真面目。那個人，不知會如何反應？」
「萬一矢木非要拗到底……」

「誰知道……？北鎌倉的房子，在誰的名下？」

「是我父親過戶給我的，後來一直在我名下。」

「該不會在妳不知情的情況下，改了名義吧？」

「你說矢木……？怎麼可能，不至於吧……」

「謹慎起見，還是查一下吧。畢竟我不了解矢木先生這個人……不過，我以前就在想，或許有一天，我會為了妳，和矢木先生正面對決。現在是否是那一天，我還沒有向妳確認過……」

「確認什麼……？」

「妳不是問過我，為什麼不勸妳和矢木離婚。妳真的不介意分開嗎？」

「我們已經分開了。」

波子像被誘導似地說，說完突然害羞，紅了臉。

竹原似乎倏然醒悟，但他像要推翻什麼，

「可是，今天，妳也要回家吧……」

波子始終低著頭，微微搖頭。

竹原窒息般沉默片刻。

「不過，我還是想以妳的朋友的身分，見見矢木先生。如果以情人的身分見面，就沒有立場說話。」

波子抬起頭，凝視竹原。

大眼睛的水光，也依然不變。

竹原起身過來，摟住波子的肩膀。

波子作勢要推開他，碰到他的手臂時，指尖驀然顫抖，而且似乎發麻，最後溫柔地輕輕滑過男人的手上。

竹原要先走，波子還留在幸田屋。

「就我一個人，我不敢回家。我把品子叫來，一起回去。」

波子說著，打電話去大泉研究所，品子果然還在。

「品子抵達之前，我先留下陪妳吧。」

竹原這麼說，但波子略做考慮後，

「今天還是別見面比較好……」
「我連品子也不能見嗎？」
竹原笑著說，眼神似乎在安撫波子。
波子送竹原去玄關，看著竹原的車子發動後，忽然很想追上去。
為何不和竹原一起離開這裡呢？
波子覺得自己不能再回到矢木身邊，但她似乎忘記懷疑竹原回家的舉動。
一個人在房間坐不住，於是波子在女服務生的建議下，去旅館的澡堂。
「深刻的過去……？」
她試著重複竹原的話，但波子在溫熱的水中，只感到失去了過去。碰觸竹原那隻手時的歡喜，哪怕自己是年輕姑娘，和四十幾歲的現在，又有何不同。
波子緊緊抱住似乎和年輕女孩相同的自己，閉上雙眼。
「令千金來了。」
女服務生來通知。
「是嗎？我馬上出去，請她在房間等我。」

品子連大衣也沒脫，隨意坐在暖爐前。

「媽媽……？我還以為妳怎麼了，結果來了才聽說妳在洗澡，總算安心了。」

說著，她仰望波子，

「媽媽，就妳一個人？」

「不，竹原之前也在。」

「是嗎……？他已經走了？」

「就在我打電話給妳之後沒多久……」

「那時，他在場？」

品子狐疑地說。

「妳只說叫我過來，就立刻掛斷電話，害我好擔心。」

「我們在談蓋舞蹈教室的事，還請他去勘查過地方。」

「哎喲。」

品子很開朗，

「所以媽媽看起來才這麼有精神啊。我也好想去喔。」
「今晚在這過夜，明天去看吧。」
「要在這過夜？」
「本來不打算過夜……」
波子吞吞吐吐，迴避品子的目光，
「但我一個人實在不方便回家。我叫妳來，想和妳一起回去……」

「媽媽，妳不願獨自回去？」
品子其實只是隨口反問，但脫口而出後，她皺起眉頭，眼神變得很認真。
「不是不願，是不方便。況且也覺得無法原諒……」
「妳說爸爸……？」
「不，是我自己……」
「啊？是對爸爸愧疚……？」
「是嗎？或許是對自己。不過，無法原諒自己，這種事是否真有可能，我其實不明白……說是責怪自己，其實，好像也只是在替自己找藉口。」

品子似乎又重新思考什麼，

「今後，媽媽要來東京時，我每次都陪妳一起回家。」

「那媽媽反而像小小孩了。」

波子說著，對她一笑，

「品子。」

「我沒想到，只是回個家，都讓媽媽那麼痛苦。」

「品子，媽媽或許會和妳爸爸分開。」

品子點頭，壓抑心頭騷動。

「品子，妳覺得呢？」

「我覺得很難過。不過，這是之前就想過的事，所以沒那麼驚訝。」

「媽媽實在不理解妳爸爸那種人。從一開始，我就不理解。不理解也能共同生活的日子，或許已經結束了。」

「是因為漸漸理解才無法忍受吧？」

「我也不知道。和不理解的人在一起，也會變得不理解自己。我和妳爸爸那種人結婚，或許就像是和自己的鬼魂結婚吧。」

「那我和高男，也是鬼魂的孩子……？」

「那倒不是。孩子是活人的孩子喔。是神的孩子。妳爸爸不是說，我的心，既然像現在這樣已經不在他身上，品子和高男或許也等於不該出生？那是鬼魂說的話。對我們來說，並不管用吧？人的一輩子，或許就是一次又一次轉移注意力來排遣煩憂，但是再這樣下去，我恐怕也會被當作鬼魂。不過，雖說要和妳爸爸分開，但這不只是我倆的事，也包括你們的事。」

「我倒是無所謂。可是，高男呢……？高男想去夏威夷，所以請你們等到高男離開日本再說……」

「是嗎？就這麼辦吧。」

「不過，爸爸一定不會放媽媽走吧。至少，我是這麼認為。」

「這些年來，我似乎也讓妳爸爸受了不少折磨。他和我結婚，是他母親的意思，這些年來，妳爸爸似乎一直在靠自己的意志，努力貫徹他母親的意思。」

「媽媽是因為愛竹原先生，才會那樣想吧？」

「宣稱要和爸爸分開的媽媽，愛上別人，我身為女兒，當然也很難堪。爸爸曾經問我，媽媽繼續和竹原先生來往，我是否覺得沒關係，當時我回答沒關係，那是因為爸爸的問話方式太殘酷了。高男說他不想聽到那種問題，果然是男人的反應。」

接著，品子聲調沉鬱。

「竹原先生雖是好人……我雖然不覺得意外……可是，要認同媽媽的愛情，就像是我入了魔界。所謂的魔界，應該是靠強大的意志，才能生存的世界吧。」

「品子……」

「媽媽和竹原先生見面，還叫我來。所以，我已經不介意了。就算將來遠離媽媽，我也會想起，今晚媽媽曾經叫我來。」

品子說著，眼眶泛淚。和竹原在一起，妳是否仍感寂寞？這句話，品子問不出口，

「為什麼叫我來？」

波子一時之間答不上來。

為了轉移注意力，排遣和竹原在一起時逼近的壓力，才會打電話給品子吧？

波子不想和竹原就此分開，不想回家，想抓著他不放的喜悅之中，也有惆悵的感傷，似乎難以自持。所以是抱著某種難以承受的心緒，叫品子過來嗎？竹原如果抱著波子不放，波子的腦海，或許根本不會浮現品子。

「我想和品子一起回家。」

波子只是這麼回答。

「回去吧。」

來到東京車站，橫須賀線的電車才剛走，所以又等了二十分鐘左右。

坐在月台的長椅上，

「就算和爸爸分開，媽媽也不會和竹原先生結婚吧。」

品子說。

「對……」

波子點頭。

「媽媽會和我一起生活，媽媽自己，也會專心跳舞吧……」

「是啊。」

「可是，我認為爸爸不會放媽媽走。高男或許可以去夏威夷，但爸爸想離開日本的計畫，恐怕是空想。」

波子沉默，望著對面月台的火車啟動。

火車走後，八重洲出口那頭，可以看見街頭燈光，品子或許想起來了，開始訴說在波子的舞蹈教室和野津見面的事。

「我拒絕了。不過，和野津，還是會一起跳舞。」

隔天就是星期天，波子下午在自家有舞蹈課。

午餐後，

「竹原先生來訪。」

女傭前來稟報。

「竹原……？」

矢木嚴厲地看著波子。

「竹原來做什麼？」

接著，他轉向女傭，

「去告訴他，太太不想見他。」

「是。」

品子和高男都緊張地屏息以待。

「這樣可以吧？」

矢木對波子說。

「你們要見面，就在外面見。那樣子，不是更自由嗎？犯不著厚著臉皮大搖大擺地來我們家吧。」

「爸爸，我認為，那不是媽媽的自由。」

高男結結巴巴說。放在膝上的手顫抖，纖細脖子的喉結，微微抽動。

「哼。對你媽來說，只要對自己的行為還有記憶，就不可能自由吧。」

矢木嘲諷。

女傭回來了，

「他說，不是來找太太，他想見的，是先生。」

「找我……？」

矢木再次看著波子，

「找我就更不用說了。叫他走。我跟竹原沒什麼好說的，今天也沒有約好要見面。」

「是。」

「我去告訴他。」

高男說著，倏然撩起長髮，去玄關了。

品子將目光從父母身上移開，舉目眺望院子。

院子幾乎只有梅花。遠離房子，種在近山之處。簷邊，只有一兩棵。

品子住的別屋簷廊附近，種有沉丁香，仔細一看，已有堅挺的花苞，卻不知梅花如何。

品子心頭窒悶，彷彿能聽見母親的呼吸，她很想放聲大叫。今天打算出門，所以她已經穿上套裝，這時忍不住解開扣子。

高男踩著響亮的腳步聲進來了，

「他走了。說會去學校拜訪，問了爸爸上課的日子。」

高男說著，盤腿坐下。

矢木對高男說，

「他來幹嘛……？」

「不知道。我只是請他回去。」

波子彷彿身體被緊緊綁住，無法動彈。隨著竹原的腳步聲逐漸遠去，矢木的目光似乎步步逼近。不過話說回來，昨天才剛說，沒想到竹原今天就來了。

品子悄悄看一眼手錶後，默默站起來。她本就著裝準備好了，因此匆匆出門。

電車半小時一班，竹原一定還在車站。

竹原低著頭，正在北鎌倉車站長長的月台上走來走去。

「竹原先生。」

品子在木柵欄外喊道。

「啊。」

竹原似乎很驚訝，當下愣住不動了。

「我現在過去找你。距離電車抵達，還有一點時間……」

品子匆忙走過小路時，竹原也跟著從鐵軌對面的月台，往剪票口走來。

然而，品子在竹原面前站定後，卻無話可說。她漲紅了臉，緊張得手足無措。

品子拎著裝有練習服和硬鞋的袋子。

竹原似乎認為，品子是特地追上來找自己有事的，

「去東京嗎？」
「是。」
竹原邁步走出，不看品子地說，
「剛才，我去過府上。妳知道吧？」
「是。」
「我本來想見妳父親……可惜，沒能見到面。」
上行電車來了。竹原讓品子先上車，面對面坐下。
「能否替我轉告妳媽媽一聲。那個名義，果然變更了……」
「好。名義……？什麼名義？」
「妳只要這麼說，她就知道了。」
竹原不客氣地頂回去。不過，似乎又改變想法，
「遲早，妳應該也會知道這件事。是妳家房子的所有權人。我就是為了這件事，想找妳父親談談。」
「啊……？」

「品子，妳是支持妳媽媽的吧？不管發生任何事……妳媽媽的人生，今後才要開始呢。就像妳的人生今後還長遠一樣。」

電車抵達下一站大船。

「我要在這裡告辭了。」

品子猛然站起。

那邊電車剛走，緊接著開往伊東的湘南電車就進站了。

品子定睛看著，這才轉身毅然上車。心潮的起伏立刻平息。

剛才，竹原來到玄關，父親和母親坐在客廳，那種窒息的氣氛，品子實在受不了。她感到母親的心情，那種沉痛，幾乎噴血。

所以品子才會追著竹原出來，可是一旦見到竹原，先湧現的，卻是尷尬的羞恥。就算真有什麼想代替母親傳達，也說不出口。

為何要來呢？品子再也待不住，於是在大船下車。

搭乘湘南電車，也是一時衝動，但是想到要去見香山，品子坦率地冷靜下來了。

電車行至大磯一帶，品子茫然聽著傷殘退伍軍人呼籲捐款的辛辣演說時，

「各位，請不要捐錢給傷殘退伍軍人。因為禁止捐款……」

另一個聲音如此說。是車掌站在門口。

傷殘退伍軍人停止演說，發出金屬的腳步聲，走過品子身旁。白衣露出的一隻手，也是金屬骨架。

品子從伊東車站換乘東海公車的一號線。距離下田，要三個多小時車程，所以她想，大概途中就會天黑了。

解說

三島由紀夫

小說《舞姬》的登場人物，以一對母女檔芭蕾舞者波子與品子為中心，包括波子的丈夫矢木、品子的弟弟高男、波子的舊情人竹原、波子的徒弟友子，表面上一次也沒出現過的品子的心上人香山，高男的男性友人松坂、品子的舞伴野津、波子與品子的經紀人沼田等等。

若說小說是要發展這些時而糾纏、時而分離的人際關係，顯然並不是。人人都是孤獨的，沒有任何人擁有決定性的力量，去改變其他任何一人的命運。被執拗地著墨最多的，是矢木與波子那種史特林堡式的可怕夫妻關係，雖然矢木無疑是惡魔，但他也同樣無力。在這篇小說中出現的善神也好，美神也好，惡魔也好，無一遺漏，全都被作者周全地分配到無力感。

作者似乎是故意省略了書中人物脫離那種無力感（哪怕只是瞬間），沉醉於自我力量的場面。波子是已經放棄舞台夢想的過去的舞姬，品子是尚未成為首席舞者的未來的舞姬，但文中只描寫了他們觀賞別人的舞台表演，並未描寫讓自我力量昇華的舞台演出。而且那護城河中的白鯉魚，彷彿不祥的主題，游弋在小說全文之間。

「別看了。那種東西，妳不該在意。」

這是竹原對一直盯著鯉魚的波子說的話，發現她冷落情人，只顧著凝視詭異的白鯉魚，也難怪竹原會感到不安。實際上，那條鯉魚，一旦看到了，彷彿就會斷絕所有人際關係發展的契機，是某種美學上的虛無象徵。

波子被描寫得彷彿能劇的鬘物[1]主角，優雅溫婉，又帶有深刻哀愁，她對人生懷抱的夢想一一破滅。但是，波子並非包法利夫人那樣不斷燃燒不滿的靈魂。就某種角度而言，她更大膽不馴，有罪就有罪，悲哀就悲哀，絕望就絕望，她很懂得如何享樂。

1 鬘物，江戶時代能劇的上演形式分為「五番（五段）」，內容依序是「神・男・女・狂・鬼」，鬘物被放在第三段，通常有美女或天仙出場，展現優雅美麗的歌舞。

看完這篇小說，我的感想是，川端先生寫小說的態度，具有獨特的寫實主義。作者用自己的眼光旁觀人生，站在無論如何只能這樣看人生的立場寫作，簡而言之應該稱為小說的寫實主義。比起浪漫主義的內瓦爾、心理主義的普魯斯特，乃至自然主義寫實派的二流作家，就某種角度而言，他是更透徹的寫實主義者。

文章平易近人，沒有太多概念性的東西，乍看之下適合婦女閱讀，但是川端那種呼吸急促、必須一再停下腳步喘口氣的文體，底下其實隱藏著穩固的岩盤，處處可見「在我看來就只是這樣喔」這種作者的註解，讓無緣的讀者不斷產生隔靴搔癢之感，換言之，也是因為作者是個忠於自我的寫實主義者吧。

從這種硬是讓登場人物與作者的寫實主義結合，勉強合乎情理的做法看來，川端想必是更加複雜的寫實主義者。舉例而言，小說開頭波子與竹原約會的段落，電車軌道旁的成排懸鈴木，有的葉子幾乎落盡，也有的葉子仍然翠綠，出現這樣細膩的觀察。這種純粹客觀、純粹內省的觀察，就一對約會中的情侶看到的風景而言，其實很不自然。令人心生懷疑。讀者才剛這樣想，緊接著下一行，就霸道地逼讀者接受。

「竹原想起波子說過的『樹木也各有各的命運……』那句話。」

這種做法，在描寫鯉魚時再次出現。長篇大論地描寫鯉魚後，作者讓竹原說出「別看了。那種東西，妳不該在意」，同時也藉此表現出波子的性格。這種手法，堪稱小說的倒敘法，以事後說明代替伏筆，逐漸增加小說的深度。同時，這段長篇約會場景也成為一大伏筆，令人預感，在約會的當下被懸鈴木和鯉魚分散注意力的情侶，最後想必不可能熱情地結合。

川端先生的寫實主義，在這裡我戲稱為「隔靴搔癢式的寫實主義」，那個隔靴搔癢做得最成功的就是矢木，最失敗的想必是竹原。端正守禮、優柔寡斷的情人竹原，不管怎麼看都毫無魅力，是矢木口中的「平凡的俗人」，只不過是波子「幻想的人物」，反觀矢木，卻憑著異樣的寫實感，格外鮮活。

他是卑鄙的和平主義者，膽小的反戰論者，個性逃避的古典文學愛好者，原本是妻子的家庭教師，靠著妻子養活，體現了母親精明算計的執念，背著妻子偷偷存錢，想把兒子送去夏威夷的大學避難，自己也打算逃往美國，甚至私自把妻子的房子改到自己的名下，而且這個男人一輩子都沒有出軌，本著昆蟲學者似的好奇心只愛妻子一人，當著孩子的面質問妻子的精神外遇，簡直是一個令人毛骨悚然的男人。

把波子放在前面，將矢木放在背景的這種小說手法很成功。波子時刻存在的恐懼（波子甚至因此昏倒！），彷彿被什麼無形之物糾纏的不安，以及毫無辦法只想逃脫的焦躁，全都因為描寫矢木的「隔靴搔癢式的寫實主義」，帶有異樣的現實感。如果改以分析的手法描寫矢木，波子的不安想必無法成立，就算成立，恐怕也會喪失寫實感。

矢木當著孩子們的面指責妻子，孩子們各自反彈的那段對話，令人想到古典戲劇的大結局，是明快的悲劇高潮。但諷刺的是，這種「家庭」悲劇，是基於戰敗後這一家呈現的日本「家庭」逐漸崩壞的過程，來到最後的大結局才有其可能，這種伴隨日本民主化的一般現象，在《舞姬》通篇都有極為微妙且精細的描寫，然而這特殊的一家人，尤其加速了崩壞，甚至主動促進崩壞，毋寧與時代無關地各自在內心蘊藏著崩壞的種子，就此到達這個悲劇的頂點，各人這才從正面互相衝撞，讓這個不是以愛而是以厭惡結合的家庭典型得以成立。堪稱是反諷意味十足的家庭小說。

到這裡，作為小說主題的「佛界易入，魔界難進」這句可怕的話，才終於出現。

矢木憐憫地嘲笑熱衷芭蕾舞的母女倆是傷春悲秋，流於感傷。波子和品子，顯然都不是能夠以舞蹈為媒介進入魔界的天才。那麼矢木呢？就品子說的那種「所謂的魔界，應該是靠強大的意志，才能生存的世界」定義的魔界居民而言，矢木也同樣嚴重不合格。因為矢木也是無力的。

矢木到底是什麼人？

作者讓波子說出矢木是個令人捉摸不透的人物，但矢木單純只是個無力的「冷眼觀察的惡魔」嗎？矢木對波子看似忠貞不二的愛情，帶有觀察者那種不同次元的愛的方式，波子之所以長年來無法拒絕矢木，或許也是因為遇上這種非人性的愛情咒縛，把她變成了湖中天鵝。

登場人物所有的無力，似乎都是從這個矢木的無力流出，處於矢木的無力的咒縛下。最後，作者藉著品子逃向香山，暗示那種咒縛的一角已經瓦解，但是說到矢木為何如此無力，以我個人小小的見解，我認為矢木就是小說家的象徵，或許是因為對一切人類行為的超越性而無力。如此看來，小說《舞姬》就是敘述一個熱衷芭蕾舞這項藝術行為的女人，因此變成石女，擺脫不了輕蔑一切行為的男人支配她的故事，作者在波子和矢木身上——也就是藝術家和藝術家的生活，說得更明白是藝術和生活中，似乎潛藏著不斷分裂的影子。而且二者永遠互相為敵。

說來想必和一般人的印象相反，川端先生無疑是個對女人不抱任何夢想的作家。他對波子的描寫手法就暗示出這點。對於女人，沒有哪本小說能夠描寫得如此純感情地女性化，且對女人毫無夢想。福樓拜把自己未實現的夢想，寄託在愚蠢的包法利夫人身上，川端先生卻什麼也沒寄託。我之所以稱他為寫實主義者，正是由此而來。

對川端先生來說，永恆之美是什麼？我接下來這樣說，想必會被嘲笑是牽強附會，但那個答案想必就是美少年吧。儘管只有寥寥數筆的描寫，但高男的男性友人松坂身上，猶如電光一閃，閃現希臘的Ephebe（介於少年與青年之間的年紀）不祥的妖精之美。那也是「東洋美少年」沙羯羅的身影，是川端作品《山之音》的菊慈童能劇面具的影子。

附帶說明，《舞姬》於昭和二十五年十二月起，至昭和二十六年三月止，連載於《朝日新聞》。

昭和二十九年十一月

舞姬

作　　者　川端康成
譯　　者　劉子倩
主　　編　溫芳蘭

總 編 輯　李映慧
執 行 長　陳旭華（steve@bookrep.com.tw）

出　　版　大牌出版 / 遠足文化事業股份有限公司
發　　行　遠足文化事業股份有限公司（讀書共和國出版集團）
地　　址　23141 新北市新店區民權路 108-2 號 9 樓
電　　話　+886-2-2218-1417
郵撥帳號　19504465 遠足文化事業股份有限公司

封面設計　BIANCO TSAI
排　　版　新鑫電腦排版工作室
印　　製　中原造像股份有限公司
法律顧問　華洋法律事務所　蘇文生律師

定　　價　400 元
初　　版　2024 年 12 月

電子書 E-ISBN
978-626-7600-05-4（EPUB）
978-626-7600-04-7（PDF）

國家圖書館出版品預行編目資料

舞姬 : 愛，是心魔亂舞，川端康成「魔界」書寫的原點 / 川端康成 著 ; 劉子倩 譯 . -- 初版 . -- 新北市 : 大牌出版 , 遠足文化事業股份有限公司 , 2024.12
336 面 ; 13×18.6 公分
ISBN 978-626-7600-11-5（平裝）

861.57　　113015168